C.HOUDART 1967

LE PETIT-FILS

D'OBERMANN

PAR

RENÉ BIÉMONT

SECONDE ÉDITION

SUIVIE DE

L'HISTOIRE D'UN PINSON

ORLÉANS

H. HERLUISON, LIBRAIRE-ÉDITEUR

17, RUE JEANNE-D'ARC, 17

1880

LE PETIT-FILS

D'OBERMANN

2560.

IMP. GEORGES JACOB, — ORLÉANS.

LE PETIT-FILS
D'OBERMANN

PAR

RENÉ BIÉMONT

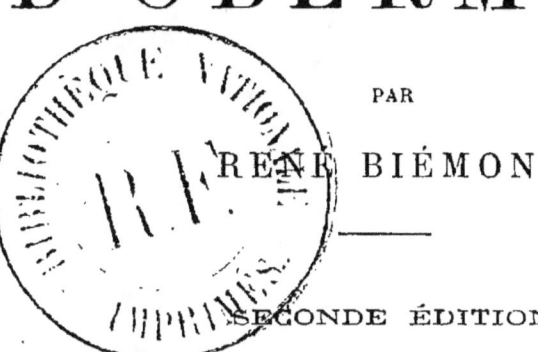

SECONDE ÉDITION

SUIVIE DE

L'HISTOIRE D'UN PINSON

ORLÉANS

H. HERLUISON, LIBRAIRE-ÉDITEUR

17, RUE JEANNE-D'ARC, 17

1880

LETTRES CRITIQUES

LETTRES CRITIQUES

Monsieur,

Veuillez m'excuser si je réponds si tardivement à votre gracieux envoi ; j'avais égaré votre volume, et ce n'est que depuis quelques jours que j'ai pu le lire. Il m'a procuré une charmante soirée. J'ai trouvé dans votre petit roman beaucoup de grâce, de sentiments et d'élégance de style. Le caractère de l'amoureux timide y est très-finement analysé, et celui de la comédienne aux passions fièvreuses et avide d'émotions, tristes reflets de ses études artistiques, fort judicieusement observé. Il y a, vers la fin, une scène très-vraie et qui n'aurait eu besoin que d'un plus long développement pour devenir tout à fait dramatique : c'est celle où Félicia mourante semble se réveiller d'un long rêve et reconnait qu'elle a cherché l'amour bien loin, lorsqu'il était si près d'elle. Votre *Petit-fils d'Obermann* a, comme son grand-père, un vif sentiment de la nature ; il comprend le caractère mélancolique de son aïeul, *cet amant de l'herbe courte sur le Tillis ;* mais il a de plus un sentiment chrétien qui le fait vivre en homme délicat et qui le fait saintement mourir. Je n'aurais peut-être pas voulu qu'il allât s'ensevelir si haut et dans les neiges du Saint-Bernard ; mais je goûte fort sa résignation et ses sentiments généreux.

Recevez, Monsieur, mes remerciments du plaisir que m'a causé votre petit livre, et agréez l'assurance de ma parfaite considération.

Auguste BARBIER.

29 février 1863.

24 mars 1863.

J'ai attendu un peu de loisir pour ouvrir les deux aimables volumes que vous m'avez fait la grâce de m'envoyer. J'y devinais du repos. Je l'ai goûté, et je vous en remercie. Votre *Obermann* vaut mieux que son grand-père. Il est plus sage ; il parle un meilleur français. Je n'aurais pas cru que l'on pût m'intéresser à rien qui portât ce nom, gravé dans ma mémoire comme celui d'une sotte et vilaine maladie. Votre Jean cependant en tient lui-même, et ce n'est encore qu'un ennuyé ; mais il n'est pas ennuyeux. Je vous demande la permission de vous dire que je n'aime pas ces caractères, même quand ils tournent bien. J'ai peine à croire que la fin de votre héros soit très-logique. La logique le porte à se regarder engraisser en bâillant. Il faut plus d'énergie pour se faire moine, et un homme qui va se confiner au Saint-Bernard le fait par des raisons qui le détournent de partager sa fortune entre un homme de lettres et une danseuse d'Opéra qu'il veut marier ensemble.

Il y a de très-gracieuses pages dans vos poésies. On a bien

de la peine à s'habituer à vos minuscules au commencement des vers. Je crois qu'il vaut mieux renoncer à ces sortes d'étrangetés *physiques* et faire bonnement comme tout le monde. J'ai remarqué particulièrement la pièce à *Pie IX, Philogone* et le morceau de solide prose qui ouvre le volume. Il me semble que vous ne suivez pas votre génie en vous lançant dans les élégances et les douceurs, et que vous gagneriez à sortir du blanc et du bleu.

Je regrette, c'est bien le mot, de ne pouvoir vous rendre le service de compatriote et de confrère que vous désirez, en rendant compte de vos ouvrages dans un journal. Je ne suis plus journaliste, et l'on me dit que c'est ma faute, parce que je l'ai trop été. C'est la raison du plus fort, et il n'y a rien à dire.

J'ai l'honneur d'être, Monsieur, votre très-humble serviteur.

Louis Veuillot.

MONSIEUR,

J'ignorais votre adresse. Excusez-moi d'avoir si tardivement pensé que, par l'entremise de votre éditeur, je pourrais vous transmettre et mes remerciments et l'expression du plaisir très-vif et très-sincère que m'ont causé les belles pages du *Petit-fils d'Obermann*.

Depuis que vous avez bien voulu, Monsieur, m'envoyer votre charmant récit, j'ai pensé souvent, je vous l'assure, au livre et à l'auteur : au livre où j'avais trouvé les inspirations d'un talent original et vrai; à l'auteur, que j'avais tant à remercier, et pour l'envoi en lui-même, et pour l'expression bien au-dessus de mes mérites, qui en doublait le prix à mes yeux.

Croyez bien. Monsieur, que je suis moi-même, et à bien plus juste titre, l'*admirateur* de ces pages si fines et si bien senties, qui révèlent à chaque ligne le penseur et l'écrivain. Vous avez plusieurs des qualités de l'auteur d'*Obermann*; vous avez, de plus que lui, la délicatesse du pinceau et la chasteté de la pensée, dont ne se soucia jamais ce rude et puissant rêveur. Dans son livre de l'*Amour*, à côté des plus exquises et des plus savantes analyses de la passion, on se sent rebuté par les grossières définitions de la science médicale ou les impures images de l'ascétisme clérical. Relisez aujourd'hui ce livre, et aussitôt se présentera involontairement à votre esprit cette filiation : — De Senancour, — Michelet, — Feydeau, et tous les historiographes des amours cyniques et des alcôves ordurières.

Quelle transition et quelle chute ! Vous avez ramené de Senancour, Monsieur, à sa véritable famille, en le rattachant à Sterne et à l'auteur de *René*. Recevez toutes mes félicitations, et avec les excuses de mon long silence l'assurance de ma sincère et haute estime.

Léon HALÉVY.

Ce vendredi 15 janvier 1864.

1

LES BONTÉS D'UN CRITIQUE

Je ne cherche point à vous persuader : je
vous rappelle les faits ; jugez. Un ami doit
juger sans trop d'indulgence, vous l'avez dit.

Obermann, DE SENANCOUR.

LES BONTÉS D'UN CRITIQUE

LES journaux du 3 avril 18.. annonçaient l'arrivée de Félicia à Nice ; c'était pour moi l'indice certain de sa mort prochaine. Mes débuts dans la vie littéraire avaient réussi, grâce aux encouragements et à l'intervention de cette aimable comédienne ; je pensai qu'il était de mon devoir de faire une dernière visite, d'adresser un dernier adieu à ma jeune et malheureuse protectrice. D'ailleurs, cette tendresse occulte qui couve toujours au fond du cœur d'un homme jeune, et surtout d'un artiste, lorsqu'il s'agit d'une jolie femme, me poussait à ce voyage onéreux pour l'homme de lettres et si vivement désiré par le protégé reconnaissant.

Je me rendis chez de Latouche, critique, on le sait,

aussi sévère pour les livres de ses amis que pour leurs
fantaisies privées. J'étais persuadé qu'auprès de lui
je n'irais pas chercher en vain argent et conseil ; il
m'avait si souvent prêté l'un et prodigué l'autre !

Je le trouvai au milieu des préparatifs d'un voyage.
— Je vais à Venise, me dit-il, après que je lui eus fait
part de ma détermination et de ma pénurie momen-
tanée. Pour vous, je ferai un détour ; je vous donne
vingt minutes ; les chevaux doivent être à la chaise de
poste. Je vous attends.

Vingt minutes après nous étions enfermés dans
une voiture lancée au grand trot, et nous traversions
Paris au bruit des grelots de nos chevaux et des cla-
quements de fouet du postillon. Plus d'un Parisien
crut au passage de quelque ambassadeur en retard ;
ce n'étaient que deux hommes de lettres qui causaient
tout ce tapage. Il est vrai qu'à cette époque homme
de lettres et homme politique possédaient une égale
importance. Les journalistes ne sapaient-ils pas, ne
renversaient-ils pas les trônes ? On les voit plus indul-
gents aujourd'hui qu'ils succombent sous cette res-
ponsabilité souveraine qu'ils trouvaient si légère sur
les épaules des autres.

Une fois parvenus à la route bordée d'arbres, grêles
encore dans les environs de Paris, et au milieu de
l'air plus pur des campagnes, nous baissâmes les
glaces pour allumer nos cigares.

La littérature était tout pour les jeunes gens de ce
temps ; on courait après la gloire littéraire, comme
on court maintenant après les spéculations et les siné-
cures lucratives. L'espoir d'un succès vous faisait pâ-
lir pendant des jours et des nuits sur le travail, sans
autre feu que la verve qui vous stimulait, sans autre
récompense que celle d'avoir le droit de serrer la
main des célébrités qu'on idolâtrait. Que de privations
et d'efforts pour faire succéder une de ses pièces à un
drame de celui qui était alors notre Dieu Olympio !

La littérature de ce moment était étrange ; mais
avec quel sérieux on l'acclamait la meilleure ! Au
moins on se sentait du feu au cerveau et au cœur ; et
remarquez que les princes de notre littérature con-
temporaine datent de l'époque que nous indiquons.

De Latouche parla donc littérature ; mon rôle était
facile : je n'avais qu'à l'écouter. Aussi les heures
s'écoulèrent-elles utiles et rapides pour moi. Nous
fûmes cinq jours sur les grandes routes ; les chemins

de fer étaient alors dans le chaos, et jamais je n'eusse fait un voyage aussi agréable si une pensée de deuil n'était venue de temps à autre assombrir mon imagination mobile et sensible tout à la fois. Le redoutable critique se montra charmant et même minutieux dans les égards qu'il prodigua à son jeune protégé. Mon attachement s'accrut de moitié pour lui depuis ce moment. Mais les esprits légers ont si bien calomnié la franchise qui existe dans les relations entre écrivains, qu'ils ne me croiront nullement sur parole lorsque je certifierai notre bonne intelligence. Je n'insisterai donc pas davantage sur ce point.

Nous atteignimes avant la nuit le faubourg de la Croix-de-Marbre qui précède le Paglion, honnête torrent qui se couche sans doute en même temps que le soleil, car nous le trouvâmes bien paisible et profondément endormi. Nous étions à Nice. L'air était frais encore ; le printemps arrive tard dans cette ville, si l'été s'y prolonge plus longtemps que dans nos contrées du centre de la France. Il me fut impossible, ce soir-là, d'apprécier la beauté et la sérénité du ciel italien. Brisé par un voyage rapide, plus tristement préoccupé à mesure que j'approchais du but, n'entrevoyant que des rues étroites, ma jeune imagination n'eut qu'à s'enorgueillir de ses rêves brillants sur l'Italie, si peu en rapport avec la réalité. C'est là le mauvais côté des riches imaginations, d'être souvent déçues.

Nous dépassâmes la ville, et, prenant une route qui s'éloigne de la mer et traverse plusieurs collines, nous laissâmes de côté la forteresse Montalbano, et nos chevaux s'arrêtèrent enfin, à mi-chemin de Nice et de Turbia, devant une villa splendidement éclairée. On aurait cru tout préparé pour une fête, et c'était une mourante que nous allions visiter. Le goût n'est jamais blessé, et même l'œil n'est jamais attristé lorsque vous rendez une visite de condoléance ou suprême à une femme affligée ou mourante. La douleur, chez elle, est toujours comme sertie dans l'élégance ou le luxe. C'est une remarque que je fis en pénétrant dans la villa de notre amie ; c'est une idée que Paul Delaroche a mise splendidement en évidence dans son tableau de la mort d'Élisabeth.

Un domestique, attiré par le bruit de la chaise, vint au-devant de nous et me précéda pour m'annoncer. De Latouche était resté auprès du postillon, afin de régler son départ pour le lendemain.

Dans une chambre décorée avec un goût exquis, élevée de plafond, aux fenêtres ouvertes et laissant entrer des bouffées d'air parfumé, je trouvai trois personnes autour d'un lit somptueux, mais vide. Une jeune fille sanglotait à demi-renversée sur un canapé ; un jeune homme la regardait tristement. Celui-ci vint au-devant de moi, et me présentant la jeune affligée : — Flora, ma sœur, dit-il. Je la saluai ; elle ne me répondit que du regard. J'allai serrer la main du troisième personnage, que j'avais rencontré plusieurs fois chez l'actrice Félicia ; on le nommait simplement M. Jean. — Vous venez trop tard, murmura ce dernier; elle n'est plus ici.

De Latouche entrait. — Vous, à Nice! s'écria Flora en s'élançant à son bras. Quelle généreuse inspiration ! La douleur partagée est moins lourde, et celle-ci est trop forte pour moi. Oh ! vos regards cherchent en vain autour de vous. Vous êtes étonné de notre solitude. Que voulez-vous? une actrice morte, c'est un diamant perdu et qu'on a bien le moyen d'oublier à Paris. La vanité se pare de notre beauté et de notre amour; mais l'amour avec une actrice est sans mystère ; la vanité seule l'entretient ; et sans mystère toute affection ne tarde pas à s'éteindre. C'est là, sûrement, l'explication de nos légèretés.

— N'accusez personne d'ingratitude, enfant, répondit de Latouche. Les journaux qui, lorsqu'ils disent la vérité, la disent trop tard, sont la cause de votre isolement. Nous sommes partis, Constant d'Heurs et moi, aussitôt qu'ils eurent annoncé l'arrivée de votre sœur à Nice. — Que votre présence nous eût été utile, depuis deux jours surtout, deux jours d'agonie ! Il faut que le repos soit bien doux et bien complet après la mort, puisqu'il est précédé de tant de débats et de souffrance. — Hélas ! n'est-ce pas plutôt une crédule appréhension qui rend l'agonie aussi pénible? murmurai-je. — Je ne puis le croire, reprit vivement Jean, qui passait auprès de moi pour sortir ; il existe là-haut plus de miséricorde que de sévérité, et cette appréhension n'est qu'un avertissement tout paternel. — C'est là une pensée qui peut sauver notre faiblesse du désespoir, ajouta de Latouche.

Jean reparut bientôt pour nous avertir que nos appartements étaient prêts et qu'un souper nécessaire à des voyageurs attardés nous attendait chez nous.

J'avais hâte de me retirer ; je me sentais incapable de soutenir la conversation sur ce ton.

Le lendemain m'apprit que j'avais fait beaucoup trop d'honneur à mon imagination en préférant ses rêves sur l'Italie à l'Italie elle-même. Rien d'aussi splendide ne s'était jamais présenté à ma jeune imagination. Dieu n'a laissé dans notre esprit qu'un reflet bien terne des beautés éblouissantes qu'il peut créer. La mer s'étendait à perte de vue, estompée par un brouillard qui ressemblait à une poussière d'or, et quelques voiles blanches s'agitaient sur ses eaux comme des cygnes immenses sur un lac sans limite.

Les yeux du Parisien, habitués aux teintes froides et grises d'un ciel nébuleux, ne peuvent soutenir l'éclat de tons aussi chauds ; fatigué, je baissai ma vue pour la reposer sur la verdure qui frémissait sous mes fenêtres, et j'aperçus de Latouche causant avec Jean. Je descendis ; mais je ne trouvai plus que le critique seul sous une allée de feuillage.

— Pauvres enfants ! me dit-il, en me serrant la main et en m'indiquant les habitants de la villa. Ils pleurent aujourd'hui ; ils soupireront demain ; après-demain, leur douleur ne sera plus que de la mélancolie, puis tout sera oublié ; tout s'oublie, même la beauté et la gloire. Allons, je vais prendre congé de Flora ; je continue mon voyage. Tenez, voici votre portefeuille ; vous l'aviez laissé dans la chaise de poste. Heureusement que vous avez eu affaire à un ami discret qui n'a point lu les lettres roses et bleues qu'il renferme. — Les lettres roses et bleues sont tout simplement des billets de théâtre oubliés. Pour de tendres billets, je n'en recevrai que lorsque j'aurais su conquérir votre réputation brillante. La gloire seule a le pouvoir d'attirer les belles. — Oui, comme la lampe d'attirer les papillons. — Au moins n'y perdent-elles point leurs ailes. — Elles en ont trop besoin.

Flora descendait le perron. — Vous partez, messieurs, dit-elle ; vous ne poussez pas le dévoûment jusqu'à rester quelques jours de plus auprès de vos amis affligés. — Je pars seul ; Constant d'Heurs vous reste ; Jean le remmène à Paris, c'est convenu. Ainsi, consolez-vous un peu. Un ami m'attend à Venise, et j'y cours. — Une amie vous attend à Venise, et vous y volez. — Ne changez pas mes paroles, et n'interprétez pas mes sentiments. A cinquante ans, l'homme n'aime pas. — N'aime plus, voulez-vous dire. — Il estime, mon

enfant, et protége. — Je voudrais avoir cinquante ans;
j'ai peur d'aimer un jour. — Gardez vos vingt ans. Vous
êtes une de nos plus jeunes, une de nos plus intelli-
gentes coryphées; votre talent promet ; suivez l'exemple de Constant d'Heurs : consacrez, comme lui, toute
votre activité à votre art. Ne courez point après le
plaisir ; à cette course, l'artiste use ses ailes, et meurt
à l'âge de vingt-cinq ans. Adieu.

La chaise de poste entrait dans la cour. De Latouche nous salua; et bientôt la voiture disparut dans la
poussière de la route, et tout bruit s'évanouit dans
l'espace.

Huit jours après ce départ, les derniers reflets du
soleil couchant doraient la mer ; tout était calme autour de nous ; on n'entendait que la voix lointaine des
pêcheurs apportée par les brises. Flora, son frère
Arthur, Jean et moi, nous étions réunis sur la terrasse
qui domine la plage, et là nous nous adressions de
mutuels adieux, pour longtemps, pour toujours peut-
être. Mon cœur commençait à s'habituer à la douleur
et à l'aimer. J'étais arrivé triste en prévoyant la mort
imminente de Félicia; j'avais souffert du départ de
mon cher de Latouche, et, à ce moment, je me sen-

tais les yeux humides en serrant la main de Flora
J'avais découvert une rare innocence sous sa légèreté
naïve et sous son aplomb d'enfant. Sans coquetterie,
elle avait pu me séduire : la coquetterie, c'est de l'a_
mour, et elle ne connaissait ni l'une ni l'autre Flora
avait un engagement à Naples ; son frère, vaudevil-
liste déjà connu, restait à la villa pour terminer quelques pièces acceptées d'avance, et Jean et moi nous
devions, à la pointe du jour, reprendre la route de
Paris. Il fallait donc nous séparer ; nous nous y rési-
gnions avec peine. La douleur lie plus étroitement
que le plaisir.

A minuit, nous rentrions pour ne plus nous revoir. A
six heures du matin, nous étions déjà loin de la tombe
de Félicia, loin de Nice, de cette belle Italie entrevue
à travers un crêpe de deuil et admirée cependant.

Le retour fut loin de ressembler au départ : il fut
triste et silencieux. Jean, retiré dans un coin de sa
vaste et antique berline, demeura absorbé dans ses
pensées. Je respectai sa solitude et sa réserve. Nous
volions sur la route, car des chevaux d'une grande
vigueur se trouvaient toujours au relais, et des postil-
lons joyeux tenaient continuellement la voiture au

grand galop. En quittant le dernier relai de poste,
Jean me tendit la main. — Pardon et merci, me dit-il,
pardon pour mon peu d'amabilité, et merci pour votre
discrétion.

Je pris ces paroles pour un adieu. Je me préparais
à lui faire part de mon intention de le quitter quand
nous serions entrés dans Paris, lorsqu'il ajouta : —
Je ne vous conduis pas chez vous; personne ne vous
y attend. Nous nous arrêterons chez moi. Je vous
garde.

Je voulus me retrancher dans cette discrétion banale qui cache toujours mal un refus. — J'ai besoin
de vous, ajouta-t-il vivement. J'acceptai. J'étais cu-
rieux, au fond, d'étudier plus longtemps et de plus
près ce jeune homme si modeste et si mélancolique.
Voilà pour le cœur et l'esprit. Puis je désirais, peut-
être à mon insu, renoncer le plus tard possible à la
nouveauté et au confortable de l'existence que je me-
nais auprès de mon nouvel ami. Voilà pour la bête,
dirait Xavier de Maistre.

II

LES SERVITEURS D'AUTREFOIS

Je ne me repens pas d'avoir emmené Hantz.
Dites à Mme T^{...} que je la remercie de me
l'avoir donné. Il me parait franc et susceptible
d'attachement. Il est intelligent, et d'ailleurs il
donne le cor avec plus de goût que je ne l'aurais espéré.

C'est un bien bon homme, et il faudra que je
le fixe auprès de moi, puisqu'il y trouve son
sort assez doux. Il me dit qu'il n'a plus d'inquiétude, et qu'il espère que je le garderai
toujours Je crois qu'il a raison : irais-je m'ôter
le seul bien que j'aie, un homme qui est con-
tent ?

Obermann, DE SENANCOUR.

LES SERVITEURS D'AUTREFOIS

Nous avions laissé à Nice le ciel nuageux du printemps et une température attiédie; nous trouvions à Paris un ciel clair et une température encore piquante; aussi me montrai-je fort réjoui, en entrant chez Jean, de voir briller un excellent feu de bois dans un riche cabinet du rez-de-chaussée.

Notre entrée un peu brusque sembla réveiller un vieillard à longs cheveux blancs. Un journal, infidèle à sa consigne, avait endormi la vigilance de la sentinelle et s'étendait nonchalamment à ses pieds.

Un éclair de satisfaction brilla un moment dans le regard du vieillard et disparut aussitôt. Il s'approcha de Jean, le regarda d'un œil presque sévère. — Du

vivant de Mme la comtesse, dit-il, monsieur ne restait
pas trois mois sans donner de ses nouvelles. — J'ai eu
tort, Elô; mais pouvais-je agir autrement? D'ailleurs,
tu le vois, je me porte bien. — Monsieur est bien
pâle cependant, soupira le vieillard en quittant le cabinet et en faisant sortir une femme âgée qui, tenant
la portière soulevée, paraissait en extase devant le
jeune voyageur.

— D'Heurs, ne vous étonnez pas de m'entendre
gronder par mon vieux domestique. C'est lui qui m'a
élevé, et sa femme a été ma nourrice. Je suis leur
enfant, et ils sont les maîtres ici. Je n'ai rien à dire,
personne à commander; ils connaissent mes goûts et
mes besoins. Un ordre de ma part serait pour eux le
reproche le plus cruel. Il faut qu'ils aient été bien
inquiets, qu'ils aient bien souffert de mon absence,
pour m'avoir reçu de cette manière. Je suis persuadé
que les bougies et le feu n'ont point cessé de brûler
depuis un mois. Peut-être même qu'Elô ne s'est point
couché pour m'attendre,

— Rob prépare la chambre de monsieur, dit le bon
vieillard en me regardant. — Je le remerciai. — Elô
devine que vous êtes un ami, reprit Jean; il ne prend

jamais ainsi l'avance pour ceux qui ne lui disent rien
au cœur. C'est bon signe. La paix est-elle donc faite,
Elô ? — La paix ! la paix, elle est rentrée avec vous.
Pour moi, c'est fini ; mais Fauché en aura sans doute
plus long que moi à vous reprocher, si elle mesure
ses paroles aux larmes qu'elle a versées.

Je demandai discrètement la permission de me retirer. Jean sonna, et un domestique me conduisit dans
ma chambre. Elle était commode et charmante. Des
tableaux et des objets d'art l'ornaient sur tous les
murs et dans tous les coins. Je tirai de mon portefeuille un des billets roses incriminés pour allumer
mon cigare, disposé que j'étais à admirer longuement
ce musée *extra-muros*, lorsque deux billets de cinq
cents francs, que ma bonne volonté n'avait pu placer
là, tombèrent légèrement en tourbillonnant, me rap-
pelant ainsi le souvenir et la sollicitude toute pater-
nelle du cher de Latouche.

Je me couchai bientôt, bénissant la Providence, les
amis prévoyants et les billets de banque.

Le lendemain, au matin, j'étais descendu au jardin
pour respirer le parfum de la violette naissante, lorsque je rencontrai Elô faisant sa ronde. Un singulier

compagnon le suivait. C'était un petit cheval noir, à longue crinière ; son œil intelligent était vif encore, malgré l'âge qu'il accusait. Elô semblait compter sur sa sagesse, puisqu'il le laissait sans frein. D'ailleurs, une conversation sérieuse, en langage celtique, était établie entre les deux amis, car, pendant cinq minutes que je les suivis de loin, le vieillard ne cessa de lui parler à mi-voix, et le cheval secouait sa tête en signe d'assentiment. Le cheval m'aperçut le premier et s'arrêta. Elô, n'entendant plus son docile auditeur, crut à une distraction et se retourna mécontent ; mais, m'ayant vu à son tour : — Monsieur veut-il visiter nos écuries et nos jardins ? Le jeune maître dort, murmura-t-il à mon oreille. Fanche a fermé les doubles rideaux, les doubles fenêtres ; elle a recommandé le silence aux serviteurs, de sorte que monsieur se croit encore en plein minuit. Il faut qu'il retrouve sa bonne mine, malgré lui... Allons, Yvon, marche légèrement, mon vieux ; ne fais pas crier le sable sous tes sabots.

La maison de Jean était petite, simple et de la plus grande commodité. Au premier coup d'œil, on aurait pu la prendre pour la campagne d'un riche négociant ;

mais en considérant le bon goût et la sobriété des or-
nements, le choix des meubles, le luxe des écuries,
qui indiquait l'amour des chevaux ; le dessin du jardin, le confortable du train de maison et la tenue
discrète des serviteurs, on devinait l'artiste grand sei-
gneur sous le propriétaire opulent. Un ridicule éta-
lage, un encombrement de futilités ne trompent jamais un œil intelligent.

Tout était silence autour de nous. La petite maison
blanche, garnie de roses grimpantes au sud et de glycine au nord, se cachait aux regards des passants
dans un petit bois épais qui s'enroulait autour d'elle.
C'était un nid doux et sûr au centre d'un buisson
solitaire. Une allée en colimaçon, sablée de sable
fin, conduisait de la grille à un frais gazon et au
perron, que surmontait une marquise en verre co-
lorié par un de nos meilleurs verriers fantaisis-
tes. Un sentiment de bien-être s'emparait de votre
âme lorsqu'on se sentait ainsi séparé tout à fait du
monde.

Le bois de lilas et d'arbustes odoriférants dissimu-
lait la basse-cour garnie de volatiles variés et une
écurie où je ne vis qu'un cheval de selle de la plus

rare finesse, et un autre de forte encolure pour la
voiture. Un cabriolet élégant et la berline de voyage
brillaient de propreté sous un hangar fermé par des
rideaux de cuir. Là se trouvait le nécessaire, rien de
plus. — Voici la monture de monsieur, me dit Elô, en
me montrant le cheval de selle. Son brave voisin, qui
dresse les oreilles, est pour moi. — Et celui-ci ? dis-je,
en posant la main sur la bonne tête d'Yvon, qui semblait chercher dans mes poches. — Oh ! lui, il n'ap-
partient et il n'obéit à personne. C'est un vieux serviteur retraité comme moi. Voilà sa place, vous voyez.
Sa litière est-elle assez épaisse? son râtelier est-il
assez garni ? Cependant, il se plaît mieux au dehors,
près de son jeune maître surtout, qui le gâte. — Je
crois, maître Elô, que vous avez pour lui cette même
faiblesse que vous blâmez. — Pardonnez-moi ; je le
gronde et je le raisonne souvent, car il est trop familier. Il faut qu'il voie et qu'il entende tout ; pourtant, je ne lui donne guère l'exemple de l'indis-
crétion.

Cette parité d'intelligence et de position établie par
Elô entre son vieux cheval et lui-même m'amusait,
et j'allais lui demander l'historique de son collègue

en fidélité, lorsqu'Yvon, nous quittant brusquement, monta assez lestement le perron et s'alla planter les deux pieds de devant sur la dernière marche en soufflant bruyamment et en poussant un hennissement joyeux. — Le jeune maître est levé ; Yvon le sent ; voilà ce qui me donne de l'humeur contre cette bête : c'est qu'il devine ce que je ne puis deviner moi-même, qui suis un homme.

Elô ne pouvait penser qu'il était de la race des êtres la plus ingrate, de cette race chez laquelle l'instinct de la fidélité est toujours dominé par l'égoïsme et par l'intérêt, deux sentiments natifs que l'éducation et la volonté peuvent cacher, mais jamais amoindrir. Je le laissai dans son erreur.

Jean était en négligé de campagne. Elô en fit aussitôt la remarque : — Notre maître nous restera toute la journée, grâce à vous, sans doute. Demeurez le plus longtemps que vous pourrez ; nous en profiterons tous. Comme il caresse Yvon ! — Yvon le lui rend bien, repris-je.

En effet, le petit cheval lui mordillait les mains et les pans de son vêtement, et frappait de son sabot de devant les dalles de pierre, comme un jeune chien

impatient de jouer. — Voyez comme je suis aimé, dit
le jeune homme avec un sourire mélancolique. —
Puis, son front s'assombrissant tout à coup : — Venez-
vous faire un tour dans le bois ? ajouta-t-il ; nous dé-
jeûnerons ensuite.

Nous parcourûmes la spirale boisée dans tous ses
édtours, et nous débouchâmes sur une prairie au milieu de laquelle serpentait une rivière artificielle assez
profonde et suffisamment large pour qu'on y eût
jeté un léger pont. Au-delà de ce pont s'élevait un
charmant pavillon rustique d'une élégante originalité
de style. Ce pavillon était fermé ; il me fut impossible
d'en voir l'intérieur, car les stores étaient herméti-
quement baissés. Je retrouvai sur les vitraux les
riantes fantaisies du peintre de la marquise.

Au-delà de la prairie recommençait le bois, qui
s'étendait jusqu'à un grand mur couvert de lierre.
Une porte s'ouvrait dans ce mur et donnait accès sur
la route de Paris. La propriété s'étendait donc depuis
la Seine, vers laquelle se trouvait la porte principale,
jusqu'à la route royale.

— On peut se croire loin de Paris, dis-je à Jean. Le
chant des oiseaux et le bourdonnement des insectes

étouffent complètement les rumeurs de la grande
ville. C'est un homme vraiment intelligent qui a
planté ces jardins : il se connaissait en bien-être ; il
s'aimait ou aimait beaucoup. Sous Louis XV seulement,
l'architecte eut l'idée de ces paradis terrestres et le
talent de les créer. — Ce paradis en miniature n'existe
que depuis cinq années, reprit Jean, en rougissant
légèrement. C'est à ma voix qu'il est sorti de terre en
six mois, et dans un moment de bonheur ou plutôt
d'espérance de bonheur. Aujourd'hui, j'y promène le
désenchantement. — Seriez-vous donc malheureux ?
— Vous avez raison de m'adresser cette question sur
un ton de reproche. Oui, je souffre, mon cher Constant, et le calme et la régularité de ma douleur me
disent assez que je suis malheureux pour toujours.

Le déjeûner fut court et silencieux, malgré les
efforts que faisait le vieil Élô pour dérider son jeune
maître. A peine les délicates friandises apprêtées par
Fanche, la nourrice, reçurent-elles une approbation
attendue.

— Venez voir ma bibliothèque, me dit Jean. Élô
nous servira le café et les liqueurs dans mon cabinet.
Vous pouvez allumer votre cigare : il ne viendra

pas de dame ici, ajouta-t-il avec un sourire doulou-
reux.

Il s'assit dans un vaste fauteuil de tapisserie, celui
que son vieux domestique occupait la veille au soir.
Je me plaçai en face, les pieds commodément appuyés
sur un garde-feu anglais, encore peu en usage en
France, où personne ne sait prendre ses aises.

III

LA PALE COPIE D'UN BEAU PORTRAIT

Il fallait choisir; il fallait commencer, pour la vie peut-être, ce que tant de gens, qui n'ont en eux aucune autre chose, appellent un état. Je n'en trouvai point qui ne fût étranger à ma nature ou contraire à ma pensée. J'interrogeai mon être; je considérai rapidement tout ce qui m'entourait; je demandai aux choses si elles étaient selon mes penchants, et je vis qu'il n'y avait d'accord ni entre moi et la société, ni entre mes besoins et les choses qu'elle a faites. Je m'arrêtai avec effroi, sentant que j'allais livrer ma vie à des ennuis intolérables, à des dégoûts sans terme comme sans objet. J'offris successivement à mon cœur ce que les hommes cherchent dans les divers états qu'ils embrassent. Je voulus même embellir, par le prestige de l'imagination, ces objets multipliés qu'ils proposent à leurs passions et la fin chimérique à laquelle ils consacrent leurs années. Je le voulais; je ne le pus pas. Pourquoi la terre est-elle ainsi désenchantée à mes yeux ? Je ne connais point la satiété; je trouve partout le vide.

Obermann, DE SENANCOUR.

LA PALE COPIE D'UN BEAU PORTRAIT

JEAN, vous êtes trop sérieux, dis-je, en mettant le feu à une allumette parfumée. La vie matérielle est complètement indépendante de la vie morale. La fortune doit servir à l'entretien de la sérénité et de la liberté de la pensée. Soyez poète et rêveur *in petto*, si vous voulez ; mais ne tournez pas le dos au banquet de la vie ; montrez-vous convive prudent, mais non dédaigneux. — Regardez ce portrait, mon cher Constant. — Je l'admire depuis mon entrée dans votre maison : c'est le portrait d'un homme malheureux. A la mélancolie du regard je devine une âme tendre ; mais cette bouche serrée, ces lèvres pâles, dont les baisers devaient être glacés, décèlent de la méfiance

et un mépris souverain du monde. — Je vous arrête.
Ce portrait est celui d'Obermann. La méfiance et le
mépris sont des sentiments bien vifs pour le cœur de
ce grand poète des solitudes. La pitié, voilà le seul
sentiment qui pouvait le faire battre. Peu d'hommes
sont d'une nature assez délicate et assez débile pour
le comprendre. Moi seul, son petit-fils dégénéré, moi
qui n'osai même pas aimer, je puis étudier la consti-
tution maladive de l'âme de mon aïeul et saisir la té-
nuité de son esprit. Le vulgaire ne saurait prévoir
même un froissement où je saurais deviner pour lui
de cruelles blessures. Cette susceptibilité douloureuse de l'esprit de mon aïeul est devenue le défaut
de mon cœur, et ma vie n'en est que plus difficile.
Obermann se complaisait sur les sommets solitaires.
Que lui faisaient les regards indiscrets et la vaine
approbation de ses semblables ? Il aimait planer au-
dessus des nuages pour voir se former l'orage et entendre gronder la foudre.

Moi, son petit-fils, qui ne vis que par le sentiment,
je recherche l'ombre et la solitude des vallées ; un
désert trop resplendissant blesserait ma vue affaiblie.
Je ne dédaigne point la société des hommes; mais elle

m'effraie. Peu importe qu'ils passent auprès de moi, pourvu que j'échappe à leurs regards. Le contact seul de ma mère était assez délicat, son regard assez tendre pour ne point me faire baisser les yeux ni rougir. Son étude patiente n'a pu m'enlever la défiance, cette débilité morale des Obermann ; mais elle me mit en garde contre l'incrédulité religieuse. — Je crains, mon ami, que Madame votre mère, en ajoutant à votre circonspection naturelle la crainte religieuse, qui resserre encore la conscience, n'ait augmenté par là votre impuissance. — Constant, vous vous trompez. La foi et la soumission religieuse m'ont rendu plus facile le chemin que je devais suivre, en communiquant à ma marche une certaine fermeté. Né sans volonté et faible de cœur, ne fallait-il pas me trouver un ami, un mentor doux et inflexible ; et le Christ n'est-il pas l'ami le plus dévoué, le mentor le plus patient et le plus habile que ma mère pouvait me donner ? Je n'avais qu'à suivre les préceptes tout tracés par cet ami ; et rien n'était plus facile que l'obéissance pour un esprit timide et sans initiative. Mon pied incertain sut alors sur quel chemin se poser ; mon cœur trouva où fixer sa légèreté et sa faiblesse.

Je chancelai parfois ; mais je me maintins cependant sur la base établie par l'intelligence et la piété maternelles. — Ne deveniez-vous pas alors incapable de grands succès ? — Sans doute ; mais je devenais en même temps incapable de grandes fautes, et c'est le point essentiel. L'honnêteté n'est pas une qualité qui éclate et qui brille ; c'est une qualité qui se cache et se trahit par son parfum. J'ai pu effleurer le mal ; je ne l'ai point entamé. — A votre grand regret, peut-être ? — C'est vrai ; mais ce regret est un crime que je déplore et que je veux expier. — Dans le monde, mon ami, nous ne connaissons pas ces débats intimes, ni ces limites qui compriment les élans de la jeunesse.

Après un moment de silence, Jean continua : — Une pluie printanière favorable aux prairies et à nos lilas en boutons ne nous permet pas de quitter le coin du feu. Je puis donc abuser de l'hospitalité que je vous impose en vous racontant mes débuts dans le monde pour lequel je suis si peu fait. Mon histoire sera courte, et deux personnages seulement en seront les héros, pour ne pas dire les victimes.

La vivacité de mes sensations qui se développaient, l'activité et la complication du travail de ma pensée qui mûrissait avec l'âge, déterminèrent dans mon être débile une langueur que ma mère combattit avec une prudence et une insistance qui lui coûtèrent la vie. Elle s'épuisa en me communiquant toute la chaleur de son existence. Elle mourut... mais je fus sauvé. Je priai sans pleurer : les pleurs eussent été un signe de vigueur. L'homme fort a des larmes ; je n'eus que des soupirs.

Je voulais vivre à l'ombre de mes grands bois, irréprochable sous l'influence sacrée du tombeau de ma mère, fidèle au souvenir d'un père mort sur ce champ de bataille où tomba, pour ne plus se relever, la fidélité due au monarque légitime. — Dites-moi, Jean, ne croyez-vous pas que ce n'est qu'au pays qu'on doit fidélité ? — Mon cher, que m'importe la maison quand le père de famille ne l'habite plus! — Ceci est de la misanthropie politique ; ce n'est pas du patriotisme. — Croyez-moi, Constant, l'affection pour le souverain aide puissamment au patriotisme, de même que la pratique religieuse assure l'honnêteté. — Jean, vous en êtes à la mélancolie du souvenir; l'oubli n'est pas loin. — Je ne suis pas assez de mon siècle pour oublier, mon cher Constant ; mon roi le sait, et il me

fait la grâce de compter sur moi. Un service à rendre, un sentiment affectueux me firent prendre la
route de Paris, ce Paris dont j'avais peur dans le lointain et dont la vue imposa peu à mon imagination
riche et saine. Je ne fus nullement séduit par son mo-
notone panorama de pierre. La régularité et l'aligne-
ment plaisent peu à un sauvage. Le mince peuplier,
au feuillage frémissant sous la brise du soir, me
cause une impression plus grande et plus agréable
que vos colonnes inertes et impolitiques dont l'aspect
éveille toujours un souvenir irritant pour quelqu'un.
Mais Paris est l'arsenal qui renferme toutes les séductions terrestres ; mon regard devait tôt ou tard y ren-
contrer l'arme qui me deviendrait fatale. D'ailleurs,
je prêtai de la meilleure grâce du monde le flanc à la
blessure. Chez moi, l'imagination est un des défauts
de la cuirasse ; c'est par ce côté que je devais périr.

Austère de mœurs comme ma mère, mes sens
étaient sur leur garde ; mais je ne me doutais pas
qu'il fallût se méfier même de la pitié, sentiment
moins vif et tout secondaire, doublure transparente de
l'amour. Je n'avais hérité que d'une partie du scepti-
cisme rigoureux de mon aïeul paternel pour les hom-

mes. Son dédain avait embrassé l'humanité entière ;
je ne professai de dédain que pour un seul être,
pour moi seul. Cette maladie des Obermann m'était
transmise, après avoir franchi une génération, et, de
même que certain vice organique, elle avait perdu de
son activité. De là chez moi une défiance qui me faisait
méconnaître la valeur de mes facultés aussi bien que
le pouvoir de mes qualités physiques. Je me classai,
dans mon esprit, bien bas au-dessous de mes semblables. Autant je me trouvais fort, peut-être même
fier de moi-même, lorsque je me promenais seul
dans mes forêts, autant je me trouvais tremblant et
inquiet en face d'un terme de comparaison Jugez de
ce que je devins à Paris. Mon imagination seule me
conduisait, et elle me conduisait mal.

Il était tard. J'avais erré pendant toute la soirée
dans le Palais-Royal. Une voie longue, obscure et déserte se rencontra devant moi. Je la choisis de préfé-
rence. Une porte donnait sur un vaste escalier, l'escalier d'un édifice public sans doute ; je le montai. Le
silence régnait partout. Je respirais enfin loin de la
foule à laquelle j'étais si heureux de me soustraire.
Je me trouvai face à face avec une femme silencieuse,

muette peut-être, qui ouvrit la porte étroite couverte
de velours qu'elle semblait garder. Je me laissai aller,
et tout à coup.une salve d'applaudissements sembla
saluer mon entrée dans le monde. J'étais dans la salle
du Théâtre-Français.

Ébloui, épouvanté, je tentai de me retirer; mais la
porte était fermée, et les regards des spectateurs dis-
traits par mon arrivée inopportune me clouèrent à
ma place. Je restai.

Aller au théâtre à vingt ans pour la première fois,
c'est exposer son cœur à des émotions qu'il ne peut
comprimer sans se rompre. — D'accord, fis-je, en
lançant une bouffée de vapeur ambrée. Mieux vaudrait y entrer plus jeune, — Et moi, je dis : mieux
vaudrait ne jamais respirer cette amosphère tout
imprégnée de désirs et saturée de voluptés. Me voyez-
vous transporté tout à coup du fond de mes bruyères
au milieu de ce monde factice de la scène, où tout
geste, tout regard, toute inflexion de la voix sont étu-
diés pour exalter et séduire? Je me crus fou, et je le fus
pendant toute une soirée? A l'abandon de leurs ma-
nières, je prenais toutes les femmes qui passaient près
de moi au foyer pour des comédiennes. Je sentais

que ma timidité devenait impuissante pour m'imposer
la discrétion et que j'allais leur adresser la parole.
Voulant comprimer mes élans insensés, je me jetai
sur un divan, et je fermai les yeux. Après quelques
instants, le silence devint complet autour de moi. Je
regardai : j'étais seul. Je sortis brusquement du foyer
désert. La même femme m'ouvrit la porte fatale, et
je demeurai debout dans l'ombre de la loge, décidé à
boire le poison jusqu'à la lie.

Quelle émotion j'éprouvai quand parut Félicia avec
sa taille élégante, son profil si fin, et lorsque j'entendis sa voix pénétrante ! Je la vois toujours assise à
l'extrémité d'un canapé de velours rouge, s'avançant
vers celui qu'elle aime avec des câlineries de chatte
et des ondulations de serpent. Son accent ému me
bouleversa : je me retins aux parois de la loge. Je me
retournai pour ne plus la voir. La glace de la loge
voisine refléta mon visage. Cette vision fut la goutte
d'eau froide qui apaisa l'ébullition. Je me vis, et justice fut faite de mes prétentions. Pouvais-je penser à
Félicia, moi le plus chétif de tous ceux qui la voyaient,
l'admiraient et l'aimaient ? Chaque spectateur n'était-il
pas un adorateur ?

Hélas! moi qui n'ai d'autre titre à l'intérêt qu'une délicatesse maladive, pouvais-je lutter avec ce comédien brillant qui lui tenait la main? Je m'enfuis à mon hôtel, où la colère m'empêcha de pleurer. J'accusais la Providence de m'avoir créé tel que j'étais ; je maudissais ma naissance au fond de la Bretagne, et je préférais l'effronterie parisienne à la naïveté que je tenais de mon éducation.

IV

LES SUCCÈS D'UN JEUNE HOMME TIMIDE

Il arriva qu'un peu avant la fin du jour je passai devant un escalier de six à sept marches. Elle était au-dessus; elle prononça mon nom. C'était bien sa voix, mais avec quelque chose d'imprévu, d'inaccoutumé, de tout à fait inimitable. Je regardai sans répondre, sans savoir que je ne répondais pas Un demi-jour fantastique, un voile aérien, un brouillard l'environnait. C'était une forme indécise qui faisait presque disparaitre tout vêtement; c'était un parfum de beauté idéale, une illusion voluptueuse, ayant un instant d'inconcevable vérité. Ainsi devait finir mon erreur enfin connue. Il est donc vrai, me disais-je deux pas plus loin, cet attachement tenait de la passion : le joug a existé.

Obermann, DE SENANCOUR.

LES SUCCÈS

D'UN JEUNE HOMME TIMIDE

Pendant tout un acte, j'avais vu cette pauvre Félicia aimer et implorer ; c'était trop pour un novice. Mon imagination suivit pendant la nuit les phases du roman commencé. Je lui vouai, non pas mon amour, mais ma pitié. Combien j'aurais voulu ne pas me connaître ! Pourtant, je rencontre des hommes qui s'avancent le nez au vent, l'air assuré et le jarret tendu, que nulle raison ne force à se cambrer publiquement et à faire ainsi la roue. Pourquoi n'avais-je pas au cerveau cet enivrement, dans l'esprit cette bonne opinion de moi-même, source des succès et des réputations ? Ai-je le front plus étroit que celui d'un autre pour n'oser, à mon tour, regarder le ciel ? Je

4

me raisonnais en vain ; ma timidité me faisait toujours courber la tête.

J'entrais à la Comédie-Française toutes les fois que le nom de Félicia se trouvait sur l'affiche, et je rapportais de chaque soirée une dose de plus de crainte et de découragement. Les acteurs qui l'entouraient étaient les idoles du public ; les spectateurs qui dévoraient des yeux ma belle actrice portaient au front le sceau de l'intelligence et à leur boutonnière l'insigne d'un mérite personnel reconnu : tous avaient droit à des hommages ; tous avaient un nom qui signifiait : esprit, génie ou bravoure. Seul mon nom ne disait rien ; prononcé à la porte de sa loge par un valet de théâtre, il ne pouvait m'attirer que cette épigramme : « Je ne connais pas... »

Mon assiduité au théâtre m'avait créé quelques relations favorables à une présentation désirée. A l'aide d'une amitié vraie ou feinte, j'aurais pu m'introduire dans ce sanctuaire impénétrable des divinités faciles de la rampe ; mais je ne voulais l'appui de personne : je voulais conquérir seul et sans secours la place ambitionnée.

Imaginer pour cette actrice fanatique de son art un

rôle qui mit en relief ses rares qualités fut mon premier projet. Mais, à vingt ans, quelles que soient l'excellence de l'éducation reçue et la somme des connaissances acquises, le trop jeune écrivain est loin de cette expérience indispensable à un esprit créateur. Il fallait avoir vécu dans le monde pour trouver des types à la hauteur de l'intelligence de Félicia et pour faire parler les personnages; et jusqu'ici, je n'avais vécu que dans les forêts vierges de ma Bretagne. Je ne gagnai à un travail forcé de deux mois qu'un rapport fort aimable d'un comité de lecture qui commençait par reconnaître en moi beaucoup d'esprit, une grande habileté à nouer et à dénouer une intrigue, et qui finissait par avouer que ma pièce n'avait pas... le sens commun.

Je ne fus nullement affecté de ma défaite. Depuis l'achèvement et l'envoi de mon œuvre, j'avais passé tant de fois par des alternatives de satisfaction et de dégoût, que mes émotions s'étaient complètement émoussées, et je me trouvais heureusement dans une crise de mécontentement lorsqu'on m'apporta la lettre si agréablement désespérante du secrétaire du théâtre. J'étais arrivé à la fin des tortures de l'attente : c'était un soulagement.

L'arrêt du comité de lecture ne pouvait me guérir
de ma défiance. Ce coup porté à mon amour-propre,
tout faible qu'il fût, faillit arrêter un entraînement
vers une passion naissante. La certitude de l'impossibilité me rendit, un moment, calme et impassible. Je
limitai mon séjour à Paris, et j'écrivis à Élô que dans
cinq jours je me trouverais à Rennes.

Mon cœur se sentait allégé ; je me trouvais fort ; je
puisais un suave contentement dans l'immaculation de
mon innocence sauvée. J'étais trop satisfait de moi-
même pour douter de la fermeté de mon âme. Dans
cette indépendance inespérée de mon cœur, je voulus
revoir le théâtre. Une goutte de plus d'amertume pouvait-elle faire déborder le vase ? Ce mystérieux adieu
était pour moi une bravade. Je désirais me moquer de
moi-même et quitter Paris fier de ma victoire. Hélas !
un espoir secret, une faiblesse inavouée, sans doute
inconsciente, m'invitait à une entrevue souhaitée.

Il me fallut ce soir-là une place périlleuse : je me
dirigeai audacieusement vers l'orchestre. L'ouvreuse
m'ouvrit en souriant avec un air familier qui me parut
étrange. Je lui mis un louis dans la main, pensant
que toute aimable grimace doit être indemnisée. Elle

ne se montra nullement blessée de ma générosité : mais elle en parut étonnée.

La toile se leva. Mon cœur battait, mais régulièrement ; j'en comptais froidement les pulsations. Cette régularité se maintint jusqu'au troisième acte d'une comédie pleine de délicatesses et de situations attendrissantes, lorsque tout à coup je vis le regard de Félicia se fixer sur le mien et sa bouche sournoisement me sourire. Cet événement passa comme un éclair ; je me tournai vers mon voisin, pensant que ce regard et ce sourire étaient pour lui. Il m'examinait lui-même d'un air de dépit qui m'indiqua que je ne m'étais nullement trompé. Regard et sourire étaient pour moi. Je sentis du froid me passer sur les tempes ; mon sang bouillonna et se porta sur le cœur. Je me sauvai au foyer public ; je m'assis pour me calmer et pour reprendre un à un les détails de cet incident rapide et fort compliqué pour moi. Je crus à un rêve. J'aurais dû retourner chez moi ; le désir d'interroger mon voisin de l'orchestre me ramena à ma place. Je me retournais vers lui pour lui adresser la parole, lorsque je l'entendis murmurer à mon oreille : — Heureux littérateurs ! les plaisirs du soir

compensent bien les labeurs de la journée. — Je ne
comprends pas, lui dis-je. — Un regard comme celui
que vous avez reçu me donnerait du génie, continua-
t-il; pourquoi s'adresse-t-il à ceux qui en ont ? — Je
comprends un peu moins, si c'est possible. — C'est
que vous êtes modeste et discret, M. Henry Richer.

On me prenait pour un autre. Depuis l'ouvreuse
jusqu'à Félicia, tout le monde s'était trompé. Le dé-
licieux sourire n'était qu'un sourire égaré. Rien n'est
plus humiliant que d'être pris pour une célébrité. Je
m'en retournai découragé.

Cependant, je ressemblais physiquement à un littérateur connu, à un littérateur sur lequel ne dédai-
gnaient pas de s'arrêter les yeux de la plus belle actrice de Paris; j'étais donc présentable ; ma physionomie était donc intelligente ? Une pensée aussi futile
me fit prendre un parti décisif. Telle est la volonté
humaine : un souffle, une senteur ou un regard la
détourne et l'entraîne.

N'ayant point l'occasion de ramasser un éventail
tombé, ne pouvant recevoir dans mes bras mon ama-
zone emportée par un cheval fougueux, sans calculer
mes forces, étourdi par ma timidité elle-même, j'en-

trai par la porte des artistes du Théâtre-Français. Je
montai et j'arrivai, conduit par je ne sais quel instinct ou quelle heureuse témérité, jusqu'à sa loge. On
y causait, on y riait. Sa voix faillit faire évanouir mon
courage et me rappeler à mon état normal de faiblesse. Au résumé, je n'avais rien à lui demander; je
ne tendais pas la main pour recevoir l'aumône de son
amour; ma visite était donc complètement désintéressée. Qu'avais-je à redouter? Ces pensées d'enfant
me donnèrent une audace d'enfant. Je poussai la porte
entr'ouverte par quelque jeune auteur qui semblait
quitter à regret Félicia. Je me trouvai seul avec elle.

Elle lissait sa chevelure devant une glace, et sa ca-
mériste suspendait des vêtements de théâtre à des
patères. Elle me regarda d'un air étonné. — Une méprise vous amène chez moi, monsieur, me dit-elle
en rougissant un peu. Je pris pour un indice de timidité la douceur naturelle de son accent. Cette suppo-
sition me donna du courage. — Madame, lui dis-je,
j'avais le désir de vous voir avant votre méprise. —
Mais tout le monde peut me voir, monsieur. — Tout
le monde? repris-je blessé d'être mis au rang du spectateur vulgaire ou de tous les quêteurs d'amour. Tout

le monde peut vous admirer de loin : ceci est de l'intérêt du directeur du théâtre et de l'art dramatique;
mais personne ne vient pour vous-même, vous demander à devenir votre ami. — Pardon, beaucoup de
gens me font cette demande. — Même celle d'être un
ami dévoué, utile ? — Surtout. — Je ne vous comprends pas. — C'est moi qui ne comprends plus, dit-
elle, en me regardant fixement de manière à me faire
baisser les yeux, tant son regard était scrutateur. Ma
naïveté était à bout ; je ne saisissais plus les nuances
du dialogue. Je sentais que je n'étais plus maître de
mes pensées qui se troublaient. J'étais dans une angoisse inexprimable. Je craignais de la voir sourire,
lorsqu'une voix parcourant le corridor cria : — Mes-
dames et messieurs, au théâtre ! — Je suis obligée
de vous quitter, me dit Félicia; après l'acte, ayez la
bonté de vous expliquer. La netteté de votre demande
s'accorde si peu avec la juvénilité de votre physionomie, que je tiens à résoudre le problème. Elle s'en-
veloppa d'un cachemire et sortit.

Resté seul, abandonné à mes pensées, mon caractère revint. Je regardai autour de moi d'un air hébété.
Je me vis, je me sentis chez elle ; je pensai que je lui

avais adressé la parole, qu'elle allait revenir. Je fus
effrayé de la difficulté de mon rôle ; ma vue se trou-
bla, mes jambes faiblirent, et je tombai évanoui dans
les bras de la cámériste, qui me déposa doucement
sur un fauteull.

Quand je rouvris les yeux, je me trouvai entre deux
femmes. Félicia était l'une d'elles. — Ma voiture vous
conduira chez vous, dit-elle doucement ; ne songeons
pas à une explication pour ce moment. — Je ne par-
tirai que si vous daignez me conduire, repris-je, décidé à dépenser en une fois toute mon énergie et à
mettre à profit un reste d'exaltation. Honteux de ma
faiblesse vraiment féminine, je réunis assez de force
pour marcher seul ; seul je montai dans la voiture,
après avoir fait les honneurs à l'actrice.

— Est-ce un jeu ? me dit-elle en s'asseyant en face
de moi. Savez-vous que j'aurais peur, si vous n'étiez
aussi jeune ? — Je ne suis pas assez spirituel pour
préparer une scène, ni assez vaillant pour la jouer.
Madame, je suis sincère dans ma démarche. Un désir
qui a triomphé d'une timidité native m'a poussé vers
vous. Je me suis présenté sans savoir quelles paroles
je vous adresserais. Je ne trouve dans mon esprit, ou

plutôt dans mon cœur, qu'une phrase banale, mais qui exprime tous mes sentiments et mes dispositions à votre égard ; je vous suis entièrement dévoué ; permettez-moi de vous le prouver, et soyez indulgente pour ma simplicité. — Je vous crois, et j'accepte cette amitié si originalement offerte. Tenez, vous voilà arrivé à l'hôtel Glascow, où vous demeurez, m'avez-vous dit. Êtes-vous remis ? Donnez-moi la main, et au revoir, entendez-vous ? Je vous quitte, car je suis attendue. A demain, midi, je serai visible.

Arrivé chez moi, je me mis à pleurer comme un enfant. L'avoir vue enfin, lui avoir parlé, être assuré de la revoir le lendemain, tous ces succès rêvés si longtemps et réalisés n'étaient rien pour moi; son dernier mot anéantissait tous ces bonheurs. — Elle était attendue !..... Ce fut son premier coup de poignard.

Le jaloux ne dort pas. Mon cerveau brûlant conçut mille projets extravagants. Je finis comme tous les amants timides et peu sûrs d'eux : j'écrivis, j'écrivis longuement. Je me dépeignis tel que je suis, avec ma méfiance, ma peur d'enfant qui lui garantissaient une réserve complète, et mon parti pris de n'exiger rien en échange de mes soins. Ma tendresse désintéressée lui éviterait tous les ennuis matériels de la vie, toutes les préoccupations étrangères à son art. Mon amitié serait inaliénable et sans partage. Je rayais toujours le mot amour qui arrivait sans cesse au bout de ma plume, n'osant mettre le doigt sur le point sensible, lui dévoiler le coin secret de mon cœur et lui parler de la pensée qui m'obsédait. Je ne désirais d'elle rien de moins qu'un serment d'être fidèle et exclusive dans son affection pour moi. J'étais assez novice pour croire qu'une femme est satisfaite d'une adoration silencieuse. J'étais assez défiant de moi-même pour être persuadé qu'une promesse d'amour de ma bouche ne pourrait que m'aliéner le sien.

Dans l'incohérence de mes idées et de mes projets, je résolus d'abord d'envoyer ma lettre au moment même où je monterais en diligence. Elle saurait ainsi et regretterait sans doute ce qu'elle perdait. Mais le matin rafraîchit mon sang; le jour modifia mes idées. Je fus moins assuré d'une infidélité. Une femme ne dit jamais qu'elle est attendue lorsque c'est son amant qui l'attend. Le mensonge, chez elle, est parfois de la pudeur. Je pris cependant ma lettre sur

moi ; un reste de courroux m'y engageait. Je devais
la remettre au serviteur, si le courage m'accompagnait jusqu'à la porte. Ce fut la cameriste qui m'ouvrit. La vue d'une physionomie connue, qui rappelait
mes émotions de la veille, me fit oublier la lettre et
le reste de ma jalousie.

J'entrai dans une jolie chambre à coucher, déjà
coquettement rangée lorsque j'arrivai. L'active actrice
se levait de bonne heure. Sur un guéridon placé près
du feu, je remarquai deux couverts. Elle ne laissa
pas à mon esprit le temps de faire des commentaires.
— Nous allons déjeûner tous deux. Votre folle équi-
pée d'hier au soir me dit que vous êtes un poëte inconnu et méconnu, et je veux vous procurer quelques
bonnes inspirations. Vous aviez sans doute diné hier?
— Je ne pus m'empêcher de sourire à cette question.
— Je vous avoue, continua-t-elle, que je vous ai pris,
pendant un moment, pour un de ces milliers d'écrivains qui ont tout leur capital dans leur front, et dont
le revenu se trouve toujours arriéré. Je me rassurai
un peu lorsque vous me désignâtes votre demeure;
puis ma cameriste avait remarqué une bague de quelque prix à votre doigt. Sans ces indices d'une position

aisée, je vous ramenais chez moi... — Où vous étiez
si impatiemment attendue? m'écriai-je. — Par trente
comédiens, qui venaient souper avec moi. — Trente?
— Un peu plus, un peu moins; je ne sais. — Trente
amis? — Je crois vous avoir dit trente camarades de
théâtre. J'aime autant que vous n'ayez pas eu besoin
de mon verre d'eau. — Maintenant que vous croyez
avoir deviné ma position, que pensez-vous de ma démarche? — Qu'elle est naïve ou audacieuse. — Comment me classez-vous donc? —Mais... parmi les naïfs
ou les originaux. — Placez-moi, je vous en prie, au
nombre des plus dévoués de vos amis; voilà où tend
désormais toute ma vie, dis-je avec quelque chaleur.
— C'est dommage! vous aviez bien débuté; vous
allez finir comme tous nos courtisans. — Comment!
les hommes brillants et célèbres qui vous approchent
ne réclament-ils qu'une simple amitié? repris-je,
honteux, et croyant m'être trop avancé. — Pour commencer, oui. — Eh bien! moi, madame, je ne demande rien; je ne veux rien. — Vous êtes bien exigeant; car, en cette circonstance, rien c'est trop. —
Je ne suis pas au courant de ce langage, madame.
Permettez-moi seulement de vous voir autrement que

comme le public. Accordez-moi une affection toute fraternelle pour commencer et pour finir, car mes désirs ne vont point au-delà. — Le dévoûment vous effraie. — Je saurai vous prouver le contraire. Vous aimer comme un frère est déjà un dévoûment. — Charmant! — Il me semble qu'en tombant dans l'amour banal qu'on vous chante tous les jours, et sur tous les tons, je deviendrais indigne de vous. — Ceci est de l'orgueil. — C'est de la convenance envers vous et envers moi. — Quelle théorie originale vous possédez! — Cette théorie est celle d'un cœur qui craint de voir se consumer le plus délicat des sentiments. Entre une rose épanouie et son bouton qui s'ouvre, je préfère le bouton à demi-clos; la fleur épanouie est trop près de s'effeuiller. — Tout ceci pourrait s'intituler : la peur de l'amour. — Non, le respect de l'amour. — C'est bien subtil. — Pas trop pour vous, je suis sûr. — Cher petit frère, voici la main de votre sœur.

Je pris et baisai respectueusement la belle main qui m'était offerte.

Voilà à quelle chaste déclaration me portèrent ma délicatesse et ma timidité. Je me mettais ainsi dans

l'impossibilité d'un aveu plus tendre. D'ailleurs, cet
élan d'une nature calme et chaste était vrai et sincère.

Je lui contai mon enfance entre mon père et
ma mère d'abord ; puis les tristesses, la piété, les
inquiétudes de ma sainte mère, mon éducation et
ma vie solitaire. L'actrice me prit la main et baisa
religieusement ma bague. Mon aveuglement était
tel que je n'eus pas la force de soustraire au
contact de ses lèvres l'anneau paternel. Le sentiment de la passion égoïste domina le respect
filial. A ce moment, un jeune élégant, aux cheveux blonds relevés sur un beau front, et la boutonnière ornée de la rosette, entra et parut plus
surpris que mécontent de notre tête-à-tête. — En
famille? dit-il à mi-voix en me regardant. — Peut-
être, répondit l'actrice. — Alors, je me retire. —
Allons, restez, cher directeur ; deux amis ne sau-
raient me gêner.

Il remercia d'un air ironique ; mais je me levai, humilié de ma position devenue toute secondaire, et je
pris congé. — Apportez-moi vos manuscrits poéti-
ques! s'écria-t-elle de la porte de sa chambre. Venez

le matin; le soir, j'ai la foule : ce n'est point là votre heure.

Elle y tenait; pour elle, j'étais un rêveur : elle me sacrait poète.

V

TALENT ET DÉSORDRE

Les premiers acteurs vont quelquefois à Bordeaux, à Marseille, à Lyon ; mais le spectacle n'est bon qu'à Paris. La tragédie et la vraie comédie exigent un ensemble trop difficile à trouver ailleurs. L'exécution des meilleures pièces devient indifférente, ou même ridicule, si elles ne sont pas jouées avec un talent qui approche de la perfection ; un homme de goût n'y trouve aucun agrément lorsqu'il ne peut pas applaudir à une imitation noble et exacte de l'expression naturelle.

Obermann, DE SENANCOUR.

TALENT ET DÉSORDRE

SAVEZ-VOUS, mon cher Jean, que les audacieux n'obtiennent pas aussi facilement leur entrée chez une jolie femme, et que votre naïveté est plus dangereuse et plus habile que l'expérience du libertin? — C'est parce que l'homme timide a conscience de sa timidité qu'il dépasse la limite de la discrétion la plus vulgaire. Il se croit encore dans son centre resserré, qu'il est déjà loin au dehors du cercle spacieux que se tracent les séducteurs les plus entreprenants. D'ailleurs, ma timidité se faisait ce raisonnement qui la mettait à l'aise. Je ne demande qu'à voir ma belle actrice, qu'à suivre sa vie et à vivre dans sa familiarité. Qu'elle me tende la main, qu'elle me jette un regard en passant : cela me suffit. Cette aumône lui coûtera peu. Il est bien vrai, plus que son amitié m'aurait embarrassé. Un pas de sa part en avant m'en eût fait faire deux en arrière. Mon cœur, assez grand pour de la tendresse, ne l'était plus assez pour contenir de la passion. Vous voyez que j'étais loin de songer à de l'amour. J'avais l'audace de vouloir être son frère, non pas celle d'être son amant.

Je retournai chez Félicia ; je ne pouvais faire autrement. Vous êtes sage et indifférent tant que vous n'avez pas parlé à une femme. La première parole entraîne toutes les autres. Vous préférez celle-ci souvent par la seule raison que vous l'avez saluée une fois. Vous lui adressez la parole ; elle fait désormais partie de votre existence. — C'est, mon cher Jean, ce qu'on nomme vulgairement le premier pas. — Sa jeune sœur, âgée de onze ans, s'éprit de mon caractère facile et de mon aspect peu imposant. Elle devint mon tyran, et je devins son serviteur. Nous sortions ensemble. C'était une raison charmante pour moi de vivre un peu auprès de sa sœur ; ce prétexte donnait de la hardiesse à ma réserve. De plus, l'étourderie de Félicia, ses occupations et son désordre s'arrangeaient assez d'une tutelle sûre et prudente pour Flora. Elle comptait sur ma sagesse de vingt-deux ans, et elle avait raison.

Elle parcourait l'appartement en négligé du matin ; elle grondait ses domestiques, chantait, riait sans se préoccuper de ma présence. J'étais heureux d'être regardé comme un meuble de sa maison. — Jean, me disait-elle quelquefois, prenez dans le deuxième tiroir à gauche de mon secrétaire cinq louis, que vous mettrez dans ma bourse à filets roses ; et j'obéissais. Si j'éprouvais les petites jouissances de la familiarité, j'en subissais aussi les caprices et les humeurs.

Un jour que j'étais à lire le journal sur le canapé du salon, Flora, lasse de jouer, dormait paisiblement, appuyée sur mon épaule ; je vis paraître Félicia, pâle, une lettre à la main. Ses yeux étaient rouges. La vue de son visage bouleversé m'ôta l'envie de lui adresser la parole, et je fis semblant de continuer ma lecture. Mais je fus la première personne qu'elle rencontra sur son chemin, et je devins sa première victime. — Déjà chez moi ! s'écria-t-elle en s'éloignant ; couchez-vous donc ici ?...

Atterré et les larmes aux yeux, je plaçai doucement

la tête de Flora sur le coussin du canapé; je pris mon
chapeau et m'en allai. A peine commençais-je mes
rêves mélancoliques, que son valet de chambre entrait avec une lettre. « Elle ne pouvait mettre la main
sur son bracelet à camée, et elle me priait de le lui
chercher. » Je retournai chez elle ; j'attachai à son
bras le bracelet qui n'avait jamais été perdu ; elle me
serra la main, et, sans excuses, sans explications, elle
partit. Ses départs inexpliqués me serraient toujours
le cœur.

Félicia tenait un grand train de maison ; elle se li-
vrait aux plus folles dépenses ; c'était un luxe et un
gaspillage à renverser un millionnaire. Elle ne sur-
veillait, elle ne comptait jamais. L'imprévoyante actrice me demanda plus d'une fois vingt louis à prendre dans son secrétaire, tandis qu'il n'y en avait que
dix. Je complétais la somme sans rien en dire, et elle
courait à ses plaisirs.

Plus d'une fois, je dus pourvoir à ses dîners et à
ses bals trop fréquents pour sa fortune. La grande actrice ne découvrit rien. Ses cinquante mille francs
de traitement alimentaient un luxe de cent mille
francs. Je réglai son train de maison.

Elle m'appelait en riant son premier tapissier. J'en profitai pour renouveler son appartement flétri. Artiste avant tout, elle semblait satisfaite de n'avoir à penser qu'à son théâtre. Elle aurait fait faire douze lieues à ses chevaux pour m'envoyer chercher, afin que je lui attachasse ses gants.

Ne lui avais-je pas promis de lui être utile? Elle ne pouvait se passer de moi; j'étais donc arrivé à mon but.

J'étais heureux de la voir heureuse; mais mon cœur ne gagnait rien à ces rapports journaliers. D'ailleurs, ses absences devenaient plus fréquentes à mesure que la surveillance que j'exerçais dans sa maison les rendait plus faciles. Je travaillais contre moi-même. Son humeur paraissait moins irritable; mais son esprit devenait plus distrait, plus préoccupé. Les jours où elle n'était point de théâtre, elle ne paraissait guère dans sa maison, même lorsque j'y devais dîner. Elle n'avait pourvu ainsi qu'à la sûreté et au plaisir de Flora, qu'elle aimait à la folie.

Cependant elle ne put jamais me retenir à ses soirées de bal. — Si vous demeurez seule, lui dis-je un jour, je resterai près de vous : je ne puis vous voir au milieu des autres. La foule qui vous entoure m'obsède, et je tiens à la fuir.

. Je savais ce que j'aurais souffert, mêlé à ses adorateurs.

C'était une occasion de lui avouer une tendresse jalouse : je ne le fis pas. Je ne profitai jamais des occasions offertes. Une réserve excessive, une timidité maladive comprimaient tous mes élans et arrêtaient mes aveux.

Une fois, Félicia resta toute une journée chez elle. Flora et moi lui fîmes fête comme à une sœur aînée revenue d'un long voyage. Elle parut plus calme. Un doux sourire accueillit souvent les enfantines gaîtés de sa jeune sœur ou mes saillies, lorsque j'essayais de montrer de l'esprit.

— Il est pourtant vrai qu'on peut être heureuse dans le calme, auprès d'un ami, s'écria-t-elle. — Et avec une sœur, ajouta vivement Flora. — Et avec une sœur, répéta Félicia en l'embrassant. Elle ne l'oubliait pas ; mais elle la confondait dans l'amitié fraternelle qu'elle me portait. — Après toute réflexion, reprit l'artiste en se levant, ce bonheur est trop silencieux.

Je la comprenais, hélas! Ses nerfs exaltés avaient besoin de bruit et d'un mouvement incessant. Il fallait des assauts pour amuser son esprit entreprenant et des tempêtes pour émouvoir son cœur.

Pouvait-elle se contenter d'un ami qui n'intéressait nullement son orgueil d'artiste ? Elle est au bras d'un inconnu, aurait-on dit en nous voyant passer. Je n'étais point de son monde. La célébrité relève et fait montrer au doigt. Cette réflexion m'humilia et m'empêcha de lui proposer d'aller dîner à la campagne avec Flora.

A mon insu, sous ma méfiance et derrière ma timidité se cachait cet orgueil monstrueux, inséparable de l'esprit humain. Maintenant que mon cœur est apaisé, que mes yeux n'ont plus pour les éblouir la beauté si artistique qui les fascinait, je suis plus apte à me rendre justice, et je suis tenté de penser que cette réserve, que je croyais sincère, n'était peut-être qu'une ruse de mon orgueil, qui redoutait un refus et un affront.

Ce jour-là, nous dînâmes donc chez elle. Elle fut gaie, spirituelle, et elle lutina sa sœur. Elle se moqua de mes embarras et de mes maladresses. Elle chanta ;

je l'accompagnai avec le piano. Elle voulut bien admirer ma voix légèrement émue. Je fus *le lion* de la soirée. Un mot détruisit tout mon bonheur. — C'est gentil, dit-elle ; mais j'aime mieux me coucher brisée d'émotions et de fatigues.

Ce fut là son adieu.

VI

UN PARADIS MOINS LE BONHEUR

C'était en mars : j'étais à Lu... Il y avait des violettes au pied des buissons, et des lilas dans un petit pré bien printanier, bien tranquille, incliné au soleil du midi. La maison était au-dessus, beaucoup plus haut. Un jardin en terrasse ôtait la vue des fenêtres. Sous le pré, des rocs difficiles et droits comme des murs ; au fond un large torrent, et par delà d'autres rochers couverts de prés, de haies et de sapins ! Les murs antiques de la ville passaient à travers tout cela : il y avait un hibou dans leurs vieilles tours. Le soir, la lune éclairait ; des cors se répondaient dans l'éloignement, et la voix que je n'entendrai plus !.... Tout cela m'a trompé. Ma vie n'a encore eu que cette seule erreur.

Obermann, DE SENANCOUR.

UN PARADIS MOINS LE BONHEUR

L'ÉLOGE qu'elle avait fait de ma voix m'avait donné quelque courage. Je suis utile, pensai-je ; si je pouvais être brillant, je deviendrais indispensable. Si, au lieu d'être l'ami Obermann, je pouvais devenir Jean Obermann, poète ou philosophe, peu m'importe !

Je passai toute une semaine à mûrir cette idée. Je m'étudiai, et je découvris que ma nature rêveuse et mon âme mélancolique pouvaient bien être la nature et l'âme d'un poète.

Chez moi, chez Félicia, dans ma voiture, le jour, la nuit, en jouant même avec Flora dont je notais les gracieusetés et les mots charmants, je composais partout, je composais toujours. Cette existence, qui n'est pas sans torture, dura six mois. A deux pièces par mois, cette poésie forcée me donna douze pièces de vers, ce qui ne constituait pas un volume. Il me fallait encore six autres mois au moins d'une vie de poésie et de galère. Je m'attelai de nouveau, et, à force de scander et de rimer, j'obtins un résultat de vingt-cinq à trente pièces ; total : deux mille vers. Je mesurai mes pages, je toisai mes odes, j'allongeai le tout d'une préface en prose, et mon volume fut complet.

J'eus bien l'idée de placer mon portrait en tête de mon livre. C'était une page de plus. Mais l'artiste me verra-t-il comme je désire être vu, comme je me vois, avec ce front illuminé par l'éclair du génie? Le graveur n'affaiblira-t-il pas encore le côté éblouissant, déjà si imparfaitement saisi par le dessinateur? Les planches usées et empâtées ne défigureront-elles pas à leur tour le type rêvé par mon imagination et adopté par un amour-propre que je qualifiais de bon goût ?

Ces craintes prudentes me firent renoncer au portrait, qui aurait pu ne devenir qu'une caricature.

Plus d'une fois, dans ses moments de lassitude, Félicia s'était écriée : — Quel bonheur j'éprouverais de vivre seule, loin de tout ce monde qui vous heurte, vous blesse et est assez brutal pour ne pas croire à vos blessures ! Je voudrais n'entendre d'autre bruit que celui de mon cœur !

Mais, blessé de cet égoïsme qui ne voyait pas souffrir à ses côtés, j'affectai de ne point entendre ses plaintes. Lassé parfois de ses légèretés, je me surprenais à avoir honte d'un attachement si peu apprécié. Mais toutes mes rancunes s'évanouissaient bientôt sous un regard que j'interprétais plus tendre ou sous une étreinte, accordés l'un et l'autre par distraction ou par une habitude banale.

Je fuis le plaisir, et je cherche le calme avec ardeur. J'aime vivre au milieu d'objets connus et vieillis avec moi ; je m'y attache comme à des êtres animés. Ceci est une vertu de la province.

Dans mes moments de rêveries douloureuses, je pensais souvent à mon vieux château, à ma chambre si bien close l'hiver, si purement aérée pendant l'été ; je soupirais après mes vieux domestiques, qui réclamaient avec instance ma présence au milieu d'eux.

J'achetai un immense terrain. Je fis planter, je fis construire ; et un beau jour d'été mes domestiques, sous les ordres d'Élô et de Fanche, sa femme, arrivèrent et meublèrent cette maison. Élô n'oublia rien,

pas même le vieil ami Yvon, le cheval de mon enfance.

Mon château restait sous la garde du rigide Tanguy,
neveu d'Élô. Je pouvais être tranquille sur le soin de
mes intérêts.

J'attendis avec impatience un moment favorable à
mes projets, et un jour, la voyant abattue, sous le
coup de quelque amère déception sans doute, je lui
proposai une promenade au grand air, hors de Paris.
— Et Flora? dit-elle. — Flora passe la journée avec
son frère. En effet, Arthur, revenu d'un lointain
voyage, avait fait la conquête de sa jeune sœur à
l'aide de jouets et de parures exotiques. — Alors,
nous serons seuls? reprit Félicia. — Le craignez-vous?
— Non; mais je m'étonne. — Ah!... — C'est que
voilà la première fois que vous semblez ne pas crain-
dre un tête-à-tête.

Cette remarque me plut; mais elle m'agita extraor-
dinairement et m'ôta toute présence d'esprit. C'était
la première fois que je montrais de l'audace depuis
notre décisive entrevue. Seulement le but que je me
proposais détruisait complètement le sentiment qu'elle
me prêtait en ce moment. Mais elle l'ignorait. — Ad-

mettez que je suis aimable pour la seule fois de ma vie, par hasard, dis-je en souriant, et profitez de ce hasard, de cette rare occasion.

Dix minutes après, par une tiède journée de printemps, nous sortîmes de Paris dans une calèche élégante et achetée pour la circonstance. Félicia était charmante de gaité sous son léger chapeau. Je trouvai quelque chose de doux et d'enfantin dans sa physionomie, habituellement imposante. On ne peut croire à tout ce que renferme encore de naïveté la jeune femme la plus blasée. Le cocher avait sa consigne. Nous longeâmes la Seine, et nous traversâmes le village de Bercy, et, parvenue à une lieue et demie de Paris, la voiture ralentit sa marche. Ma chère compagne respira avec volupté; ses joues pâles prirent une teinte rosée qui ajouta à sa beauté naturellement trop mate; ses yeux humides, sous l'air vif des champs, avaient perdu leur vivacité acérée pour prendre un regard presque languissant.

Le mouvement ralenti de la voiture, la vue de l'herbe du chemin et des bourgeons aux buissons l'invitèrent à me demander à descendre. Je sautai lestement; je baissai le marchepied et lui offris la

6

main Je me trouvais si heureux d'être son serviteur!
— Quelle riante journée et quelle promenade enivrante! s'écria-t-elle. Nous passâmes devant notre
maison. Elle ne remarqua rien, et je ne savais comment attirer ses regards de ce côté. Elle était préoc-
cupée d'un bateau à vapeur qui filait avec son on-
doyante fumée blanche. L'état-major d'un régiment
allant prendre garnison dans quelque ville voisine
se trouvait sur le bateau ; et en passant en face de
nous, et comme pour saluer les villas du rivage, sa
musique se mit à jouer un morceau de *Lucie de Lam-
mermoor*. — Non, murmura-t-elle en s'appuyant sur
mon bras, nos plaisirs aux flambeaux, nos fêtes où
s'entassent les élégants et les coquettes, ne valent pas
cette promenade matinale, ce ciel moiré d'ombres
vaporeuses, ces fleurs d'une senteur si douce et cette
musique qui expire dans le lointain. Quand pourrai-
je donc me reposer enfin de mes fatigues de théâtre,
de mes succès, pour vivre à l'ombre et au milieu des
sensations que j'éprouve en ce moment? Je sens que
je deviendrais meilleure, meilleure pour mes amis
surtout. Jean, me pardonnez-vous ? — Quel péché ?
Celui d'être heureuse auprès de moi en ce moment?

— De ne pas l'être plus souvent... — Je vous aime
assez, Félicia, pour ne pas être indulgent.

Nous passions pour la troisième fois devant ma
pauvre villa ignorée ; mon petit nid, enfoui sous la verdure, n'avait pas le bonheur d'attirer ses regards. Je
perdais tout espoir, lorsqu'un piétinement et un hennissement joyeux firent vivement retourner la tête de
ma compagne. C'était Yvon qui m'avait vu.

— La drôle de petite bête ! s'écria-t-elle étonnée.
Je caressai l'aimable poney à travers la grille, et il se
mit à secouer sa longue crinière et à me lécher la
main. Félicia voulut imiter ma hardiesse, disait-elle.
Mais soit coquetterie, soit crainte réelle, Yvon s'en-
fuit au galop, faisant s'envoler des charmilles une
nuée d'oiseaux effrayés. Je poussai la grille, et j'atti-
rai doucement Félicia intriguée, qui ne comprenait
rien à ma curiosité, mais la partageait cependant.
L'allée de feuillage d'un vert tendre l'avait séduite.
Yvon courait en avant, comme pour annoncer son
maître. Nous suivions de loin. Je feignis la discrétion,
afin de tromper Félicia, qui plaisantait sur notre es-
pièglerie.

Malgré sa retenue, elle ne put s'empêcher de pous-

ser un cri d'admiration en apercevant, à la sortie du
bois, le cirque de gazon, entouré de lilas en fleurs, de
cytises, de camérisiers et de pistachiers dont les pana-
ches odorants et les grappes se courbaient sur nos
têtes.

L'aspect de la maison si élégante et si gaie l'en-
chantait, surtout en raison de son isolement. Élô se
tenait sur le perron. Sa figure honnête, encadrée de
longs cheveux blancs, lui attira une gracieuse révé-
rence de ma compagne un peu confuse. Quel fut son
étonnement lorsqu'elle m'entendit saluer de mon
titre de comte et de mon nom ! — Vous êtes connu
ici ? fit-elle en me regardant d'un air interrogateur. —
Il parait que je suis connu. — Quel est ce vieillard ?
— Sans doute l'intendant du maître de la maison...
Puis-je montrer les jardins et les appartements à Madame ? dis-je à Élô stupéfait. — Monsieur le comte est
bien le maître, murmura-t-il en fixant ses yeux
scrutateurs sur Félicia.

Nous visitâmes le salon, la bibliothèque, la salle de
billard du rez-de-chaussée. Elle paraissait pensive et
comme attristée. Nous montâmes au premier étage.
J'ouvris une porte dont j'avais dissimulé la clé, et

nous entrâmes dans une chambre à coucher d'une recherche toute féminine. Mais ni la tenture en satin bleu, ni les meubles rares, ni la riche et simple garniture de la cheminée n'attirèrent ses regards. Elle resta muette sur le seuil, et des larmes lui vinrent aux yeux. Elle avait aperçu sur une bergère, gravement assise au coin du feu, la chatte bien-aimée dont l'absence l'inquiétait depuis plusieurs jours, sa chatte blanche au nez et aux oreilles roses, sa chatte, vrai diminutif de sa coquette personne.

Elle s'assit en pleurant auprès de la bergère, et l'aimable bête vint mêler ses *ronrons* aux sanglots de sa maîtresse. — C'est cela, dis-je, pleurez à votre aise; faites comme chez vous.

Elle me prit et me serra la main avec une chaleur que je n'étais pas habitué à sentir. Je devinai de la reconnaissance dans son étreinte, mais rien de plus. Il ne me vint même pas à l'esprit de lui dire : « Aimez-moi. » Dans la position qu'elle avait acceptée, j'étais tenu vis-à-vis d'elle à plus de discrétion.

Cette journée fut une journée de folie. Sa basse-cour, sa volière, ses fleurs, elle admirait tout. Elle ne vit que moi au monde ce jour-là ; mais le bonheur le

plus vif fut au fond de mon cœur. De toutes les passions, celle de donner et d'être agréable est la plus
délicate ; elle est la seule exempte d'arrière-pensée, et
en déclarant Félicia la maîtresse de *la Déserte,* j'étais
agréable à la seule personne que mon cœur aimât.

Il fallut pourtant nous arracher à cet Éden. Pour
moi, je le fis sans trop de peine, car j'avais à l'accompagner à Paris. L'amant véritable sait prolonger ses
jouissances jusqu'à leurs dernières limites. En sentant
près de lui la personne aimée, il ne prévoit nullement
qu'un moment doit venir où il ne la verra plus ; il est
tout au présent : il n'est qu'au présent.

Félicia brûlait de raconter sa surprise à sa sœur. —
Ne parlez à personne de cette oasis, lui dis-je ; elle ne
serait plus à nous. Voici la clé de votre domaine ; mais
vous seule en devez connaître le chemin. — Jean,
c'est avec peine que je vous obéirai. Je vous croyais
plus l'ami de Flora. — Je suis davantage le vôtre.
D'ailleurs, j'aime l'isolement, j'aime l'amitié à deux ;
à trois, ce serait le monde, et je le fuis. De la discrétion, c'est le seul remercîment que je réclame de
vous.

Mon retour de Paris fut rapide. Il me tardait de me

retrouver dans ma maison toute parfumée encore de
sa présence.

Fanche, la nourrice, se montra soucieuse et même
rude avec moi. Elle affecta de ne pas me tutoyer,
suivant son habitude, lorsqu'elle voulait imposer à
Élô son mari. Pour ce dernier, il me parut ce qu'il
était toujours, soit que comme homme il fût naturellement plus tolérant, soit qu'il eût été séduit par la
gracieuse bonté et les égards de l'actrice. Fanche se
retira silencieusement après m'avoir servi. Élô ne me
dit pas un mot qui eût rapport à ma visite ; mais je
m'applaudissais trop tôt de sa clémence : je m'aperçus que le portrait de ma mère avait disparu de mon
cabinet.

Hélas! je ne pouvais lui en vouloir de ce reproche
indirect. Je devais plutôt me sentir reconnaissant d'un
mécontentement qui prenait sa source dans le culte
délicat que professaient mes vieux serviteurs pour la
mémoire de la plus sainte des femmes.

La pensée de revoir le lendemain ma chère et
heureuse Félicia chassa bien vite les nuages amon-
celés par mes serviteurs sur cette soirée d'un si beau
jour. La pensée qu'elle reviendrait le lendemain me

rendit mon insomnie facile. J'analysai tous les bruits de la nuit. Je crus un moment entendre sa voix prononcer mon nom. Je me levai. Mais les jardins étaient déserts ; les feuilles seules vivaient et frémissaient. Je me recouchai. Je voulus lire, mais sans y pouvoir réussir : je ne lisais que dans mon esprit et toujours la même page.

Le lendemain, elle vint en effet. Je l'attendais sous la sombre allée qui conduit à la petite porte. Lorsque j'entendis la clé tourner dans la serrure, je n'eus pas la force de fuir et de simuler une réserve déplacée.

— Je vous attendais, lui dis-je. — Je le pense bien, répondit-elle.

Je lui sus gré de sa confiance. Mais ce fut le seul mot affectueux de la journée. Elle courut visiter ses poules et ses oiseaux ; elle caressa Yvon, au cou duquel elle suspendit une sonnette d'or que le pauvre poney secouait pour se débarrasser ou pour jouer. Félicia tint pour cette dernière interprétation.

Fanche, après le déjeûner, se montra moins revêche. Élô parut avoir pris son parti. Félicia n'avait-elle pas assez de pouvoir pour séduire ce public simple et sans défiance, elle qui dominait si facilement le public parisien?

Je la laissai aller seule. De mon cabinet, je la voyais disposer de tout comme une maîtresse de maison. Je ne pouvais cependant m'empêcher de soupirer en pensant qu'elle était heureuse sans moi, en dehors de ma présence; que j'étais la cause de son bonheur sans en être l'objet.

Le jour suivant, jour de théâtre, elle ne put s'arracher à ses occupations. Je reçus d'elle une lettre aimable, mais très-brève. Elle demeura trois jours sans penser à sa charmante retraite. Habituée à ne vivre que par la passion, pouvait-elle se contenter des simples distractions de *la Déserte?* C'est ainsi qu'elle appelait notre riante maison. Son esprit ardent avait besoin d'occupations plus absorbantes.

Hélas! mon ami, je restai seul trois longs mois, attendant toujours.

Je passais des journées entières, espérant voir s'ouvrir la petite porte qui donne sur la route. A peine avais-je déjeûné que je reprenais mon poste, pour espérer et désespérer encore.

Fanche et Élô étaient ravis de ma sagesse; ils retrouvaient leur solitaire breton. Yvon en faisait son profit et dormait patiemment auprès de moi, la tête dans la charmille.

Ils furent rares, mais ils furent bien radieux les jours qu'elle daigna m'accorder en passant. Je reconnus bientôt qu'elle ne venait à la campagne que pour se reposer ou pour se désoler seule.

Il y eut des moments où elle m'évitait presque. Je comprenais ses chagrins solitaires ; j'étais à même d'y compatir. Je feignis souvent de la croire malade, et je lui offrais de la faire servir chez elle. Un sourire pâle et languissant récompensait ma condescendance. Je sauvais ainsi mon amour-propre blessé ; mais que je me punissais cruellement moi-même ! Cependant ma douleur était plus tolérable, il faut le dire, qu'aux jours où il ne m'était point permis de la voir. Son cœur irrité se trahissait souvent par des caprices insensés. Elle nous quittait subitement sans nous prévenir et sans adieu, et elle retournait de toute la vitesse de ses chevaux vers cette ville qui lui réservait de nouvelles affections et de nouvelles tortures.

Un matin, je n'étais pas encore levé, et je lisais couché, suivant mon habitude paresseuse. La fenêtre

était ouverte, afin de mieux entendre le chant des oiseaux, tandis qu'un feu splendide pétillait gaîment
dans ma vaste cheminée. Nous étions aux premières
fraîcheurs de l'automne. J'entendis ouvrir brusquement la porte de ma chambre ; je ne suspendis pas ma
lecture, pensant que Fanche venait fournir à mon foyer
ou préparer quelque objet de toilette à mon usage,
lorsque je me sentis prendre la tête à deux mains et
embrasser follement. Ces cheveux soyeux et longs qui
me couvraient les yeux et le visage n'étaient pas, certes,
les cheveux de la bonne Fanche, et cette haleine parfumée ne pouvait venir que d'une bouche jeune et
fraîche.

— Savez-vous, monsieur le modeste, que vous êtes
un de nos charmants poètes? s'écria Félicia, car c'était
elle. Depuis hier soir on ne parle que de vous dans
tous les journaux et dans les salons. Quelle affreuse
hypocrisie de cacher ainsi ses qualités et son talent à
sa meilleure amie ! — M'avez-vous donné le droit de
porter le titre d'ami, Félicia? N'avez-vous pas vos
secrets ? Ne m'est-il pas permis d'avoir les miens?
Pourquoi serais-je tenu à plus d'expansion et de franchise que vous? M'aimez-vous tous les jours comme

aujourd'hui? — On vous aime toujours de même, autant chaque jour, ingrat! Arthur, Flora et vous, je ne vous sépare jamais dans mon cœur. — Arthur, Flora et moi!... — Vous, Arthur et Flora, si vous préférez cela. Vous m'êtes aussi cher qu'un frère, qu'un plus jeune frère que l'on gâte. Ne froncez pas le sourcil, Jean; je vous en prie. C'est fête aujourd'hui dans mon cœur; il faut que ce soit fête pour tout le monde. — C'est juste, repris-je; ma tristesse serait de l'ingratitude.

Je me couvris les yeux avec mon livre; j'aurais voulu pleurer. — Allons, levez-vous pendant que je vais causer avec Fanche, car vous êtes ma première visite. Je veux me parer de vous aujourd'hui; je vous emmène.

Pas un mot d'amour n'était sorti de ses lèvres.

Mon livre de poésie avait fait son apparition dans le monde. Chaque critique me saluait poète dans les journaux. Je savais à quel prix; mais je ne me vantai pas de la mise aux enchères de ma gloire. Félicia me reçut chez elle; je dînai entre elle et Flora mécontente de mon abandon, de ma sauvagerie, disait-elle, en me frappant de ses jolis doigts. Pouvais-je lui avouer combien je souffrais chez sa sœur, et quel besoin j'avais de solitude? Il fallut que j'assistasse le soir même à la première représentation d'une comédie délicieuse et intitulée : *Le cachet de la Pompadour*...

— Assez, interrompis-je vivement; je connais l'auteur de cette pièce. Elle lui rapporta 300 fr. de bouquets dépensés pour les dames et 500 fr. distribués aux Romains. — Qui firent leur devoir bravement, répliqua Jean ; le public imita les Romains. Vous êtes exigeant, mon cher Constant. — Du tout; je rends justice au bon goût du public. Il reçut avec bienveillance mon chef-d'œuvre ; mais je ne dois ce succès qu'au jeu de Félicia et à son heureuse idée d'y avoir intercalé votre romance *la Pensée*. Ainsi, Jean, ce triomphe était le vôtre, puisque cette perle sortait de votre écrin.

Et le souvenir de cette soirée charmante me transportant moi-même, j'ouvris le piano, et je chantai les trois couplets de Jean, couplets empreints d'une telle mélancolie que Félicia n'avait pu les chanter sans une émotion qui n'était nullement étudiée.

La Pensée.

Fleur chère à la mélancolie,
Que l'on cueille et donne en secret,
Auprès de qui souffre et s'oublie
Le cœur malheureux et discret,
Pensée, à quelle confidence
Dois-tu la perle que balance
Ton brun calice de velours ?
Serait-ce une larme furtive
De la nuit, belle fugitive
Que le matin poursuit toujours ?

Serait-ce une larme éphémère
Que le sourire suit souvent,
Larme d'amour, larme légère
Qui brille et qu'enlève le vent ?
Serait-ce, larme plus sacrée,
Celle d'une mère éplorée
Qui vint conter aux fleurs des bois
Que son fils, étendant son aile,
Ange, s'était enfui loin d'elle
Sans écouter sa douce voix ?

Mais non, Dieu veut que l'espérance
Vienne de tous sécher les yeux ;
La mort d'un fils n'est qu'une absence :
Mère et fils se verront aux cieux.

Hélas ! une douleur sans trêve
Est celle de l'esprit qui rêve
La gloire qu'il ne peut saisir ;
Et cette perle qui vous charme,
D'un poète c'est une larme ;
Car chanter. pour lui, c'est souffrir.

Lorsque j'eus terminé ce chant plaintif, je vis que Jean pleurait, et ce fut d'une voix émue qu'il s'écria : — Quelle délicieuse surprise ! J'eus la folie de croire un moment que Félicia m'aimait. — Elle vous aima, n'en doutez pas. Toute actrice fanatique de son art aime sincèrement l'auteur de son triomphe, et Félicia en obtint un grand ce soir-là. Tout est vanité sur la terre, mon cher ami, et sur les planches du théâtre plus que partout ailleurs. — Ainsi, mon cher Constant, vous êtes persuadé qu'elle m'aima pendant cette soirée ? — Entendons-nous ; je ne dis pas toute une soirée. Un amour d'actrice, qui a la durée de quelques heures ! comme vous y allez ! Mais je puis vous affirmer qu'elle a pu vous aimer pendant une heure, pendant l'éternité d'un acte. — Pendant une heure, j'accepte. Allons, je suis moins à plaindre, et le jour me semble plus radieux en ce moment. — Ce n'est point une illusion, cher Jean ; voyez, le soleil fait briller mille diamants sur vos gazons et sur vos arbres, et je vois ce brave Yvon qui lève les pieds en traversant la prairie, comme une petite maîtresse qui craint de mouiller ses pantoufles. Montrons-nous plus courageux que lui en affrontant bravement la rosée.

VII

UNE FAUTE POSTHUME

Je n'ai jamais pensé que ce fût une faiblesse d'avoir une larme pour des maux qui ne nous sont point personnels, pour un malheur qui nous est étranger, mais qui nous est bien connu. Il est mort : c'est peu de chose; qui est-ce qui ne meurt pas? Mais il a été constamment malheureux et triste ; jamais l'existence ne lui a été bonne ; il n'a eu que des douleurs, et maintenant il n'a plus rien. Je l'ai vu ; je l'ai plaint. Je le respectais : il était malheureux et bon. Il n'a pas eu des malheurs éclatants ; mais en entrant dans la vie, il s'est trouvé sur une longue trace de dégoûts et d'ennuis ; il y est resté, il y a vécu ; il y a vieilli avant l'âge ; il s'y est éteint.

Obermann, DE SENANCOUR.

7

UNE FAUTE POSTHUME

J'AIME la douleur; je mets autant de recherche à entretenir la mélancolie de mon cœur qu'un autre en mettrait à la chasser. Eh bien! mon ami, je ne me suis pas senti assez de force jusqu'à présent pour braver la douleur qui m'attend dans l'intérieur de son pavillon. Depuis son départ pour Paris, je n'ai osé y mettre le pied; il est encore tel qu'elle le laissa. Aujourd'hui, et avec vous, je crois que je pourrai le revoir sans trop de faiblesse. Votre présence soutiendra mon amour-propre, sinon mon courage.

La pâleur, l'exaltation fébrile de Jean démentaient un peu la force dont il se croyait sûr. Je le suivis.

Rien n'était plus coquet que l'intérieur de ce cabinet rustique qui avait si fort intéressé ma curiosité le pre-

mier jour de mon arrivée. Les murailles de bois de
chêne en étaient garnies de nattes tressées par les
sauvages des bords de l'Orénoque. Les fleurs et les oiseaux les plus fantastiques y déployaient la richesse de
leurs couleurs et de leurs plumages. Une immense jar-
dinière chargée de plantes flétries, du milieu de laquelle
pouvait jaillir un jet d'eau, ornait le centre du salon.
Tout autour régnait un divan en tapisserie de Prague.
Un riche et excellent piano d'Érard, plusieurs tables
de jeu et des fauteuils de la même étoffe et du même
dessin que le divan formaient tout l'ameublement.
J'oubliais une riche bibliothèque dissimulée derrière
des nattes mobiles et une cheminée de marbre blanc,
véritable objet d'art, digne du ciseau le plus délicat.
Le plafond et le parquet étaient couverts de nattes
semblables aux tentures, et dans un angle disposé
en alcôve se balançait un gracieux hamac.

Jean, en entrant, s'arrêta sur le seuil et laissa errer
son regard désolé sur cet intérieur désert. Une robe
de chambre en velours bleu étalait ses plis sur le dos
d'un fauteuil, et deux mignonnes babouches à étoiles
brodées d'or étaient jetées sur le tapis. Un léger
chapeau de paille d'Italie tenait par des rubans bleus

à des patères d'ébène, et sur un bureau de marque-
terie était négligemment effeuillé tout le papier d'une
élégante papeterie.

J'approchai, précédant toujours Jean de quelques
pas, et mes yeux s'arrêtèrent sur une lettre commencée
d'une main impatiente et légère. Les premiers mots
en étaient tendres ; mais ils s'adressaient à un autre
qu'au pauvre amant méconnu. Je froissai vivement le
billet accusateur, et je fus assez heureux pour faire
disparaître les traces posthumes d'une aveugle légèreté avant que Jean ne fût arrivé à mes côtés. Je dis
légèreté, car l'ingratitude n'était certes pour rien dans
la conduite de Félicia. Mon nouvel ami conserve
encore, grâce à ce service ignoré, un espoir et une
foi qui lui rendent plus douce la mémoire de sa cruelle
amie.

Jean s'assit et me fit signe de l'imiter ; je lui obéis
en silence. Je le plaignais sincèrement, plus sincèrement, peut-être, depuis la découverte de la lettre. Un
secret d'amour que l'on surprend ressemble un peu à
une trahison dont on prend sa part comme victime.
Jean était bien un amant sacrifié ; jusqu'alors j'avais
pu douter, n'ayant rien vu.

— La construction de ce pavillon me valut quelques douces journées, continua-t-il. Il eut le pouvoir de plaire pendant deux mois. Elle y vint souvent, souvent à l'insu de tout le monde et de moi-même. Elle arrivait le matin par la petite porte de la route ; elle s'installait là, sans rien dire, et le piaffement seul d'Yvon trahissait sa présence. Un heureux caprice la conduisait chez moi, mais non pour moi.

Pendant un mois entier, elle habita *la Déserte*. Les premiers jours furent paisibles, mais sérieux ; elle n'avait plus cette gaîté entraînante qui triomphait parfois de ma mélancolie. Ses yeux si vifs s'éteignaient, et je la vis pleurer. Un soir que je la croyais dans son pavillon et que j'étais monté à sa chambre, afin d'y placer le bouquet de violettes qu'elle aimait, — c'était sa fête le lendemain, — je la surpris à genoux et priant devant une Vierge de Raphaël. Quel changement, ou plutôt quelle crise s'opérait dans ce cœur volage et enthousiaste ?

Elle avait droit à un congé de quatre mois : elle me parla de visiter l'Italie, la Grèce, la Russie et la Hongrie. Je désirais vivement l'accompagner ; Flora m'y engageait par intérêt pour sa sœur d'abord : elle

pouvait compter sur ma sollicitude ; par intérêt ou
par pitié pour moi peut-être : la finesse de la femme
pressent tout. Elle parla même indirectement de mon
désir à sa sœur. Félicia demeura sourde à nos insi-
nuations. Un matin j'accourus prendre ses ordres ;
j'espérais encore : on me dit qu'elle était partie. Je
revins à *la Déserte*, le désespoir dans l'âme, et je tombai malade de douleur. Flora et Arthur me visitèrent,
bien qu'ils connussent mon antipathie pour les visites.
Flora resta près de moi, malgré tout le monde, et elle
me soigna comme une sœur. Que j'aurais voulu
l'aimer comme j'aimais Félicia ! Mon affection eût été
à la hauteur de ma reconnaissance.

Un soir, Flora était sortie pour respirer la fraîcheur
sous les charmilles ; elle entendit tout à coup sortir
du pavillon resté dans l'ombre un air désolé comme
une mélodie de Bellini. Elle reconnut la méthode de
sa sœur et s'élança pour arrêter son chant, qui pouvait
m'être funeste.

Félicia, avertie de mon état de santé, sans calculer que sa présence inopinée pouvait me causer une
émotion au-dessus de mes forces, se précipita dans
ma chambre et m'étreignit avec une vivacité qui

m'effraya. Je crus à de la folie, et ce n'était que de l'amitié d'une sœur. Je trouvais plus de douceur dans la tendresse de Flora.

Je résolus dès ce moment de combattre un entraînement que ma raison désapprouvait. Cette résolution, ce parti pris me rendirent du calme; la force revint. Je ne baissai point le degré de ma passion; mais du moins je le rendis stationnaire. Il arrive chez toutes les organisations équilibrées que la force morale suit l'état de la santé physique. C'est vouloir tromper que de déclarer qu'on est entraîné par son tempérament ou par la passion; il serait plus franc d'avouer qu'on ne veut point user de sa volonté, qui est toujours proportionnée. Je me crus guéri de ma double maladie physique et morale.

Flora retourna à l'Opéra, où elle était danseuse remarquée, malgré sa jeunesse; et quelques jours après le départ de sa sœur, Félicia, avec mille protestations plus polies encore qu'affectueuses, s'envola, heureuse, peut-être, de ce que ma convalescence me mettait dans l'impossibilité de la suivre.

Nous fûmes trois mois sans recevoir de ses nouvelles.

Ma santé se rétablit cependant : j'avais vingt-cinq ans ; mais je languis quelques mois encore. Un homme qui vit au milieu du monde, et qui sait se créer d'autres plaisirs que ceux de la rêverie et de l'analyse, aurait su hâter son rétablissement par la distraction. Je l'éloignais, au contraire, en étudiant et en sondant ma blessure. Élô me parlait peu ; Fanche se multipliait pour me rendre à ma santé première. Elle me vantait sans cesse l'air et le calme de notre Bretagne, et son mari attendait avec anxiété un assentiment que je ne pouvais accorder.

Ces braves gens, malgré leur ignorance, avaient un instinct de délicatesse qui leur défendait de me parler de Félicia et de mariage. Ils sentaient qu'une distance incommensurable séparait cette femme de... Ma pensée n'osait placer ici le nom de ma mère, nom sacré pour eux comme pour moi. Non, jamais le seuil de mon château de Bretagne ne serait dépassé par cette belle actrice que j'aimais, sans pouvoir lui accorder mon estime. Aussi je n'avais qu'à guérir ou à mourir de ma passion.

Dans mes impatiences, j'allais visiter la jeune Flora. Un hochement de tête me disait qu'il n'y avait rien de

nouveau, et le jour où sa tête charmante et son doux
sourire me firent un signe affirmatif, sa sœur débu-
tait, ce soir-là, dans le rôle principal de votre seconde
pièce, et personne ne pouvait l'approcher. Elle m'oubliait, ou plutôt elle m'avait oublié.

Son triomphe et le vôtre furent complets; vous lui
portâtes bonheur. Tout l'hiver fut pour elle une suite
de victoires, et sans doute de conquêtes. Je restai
malgré moi-même confiné dans *la Déserte*. J'y éprouvai des angoisses inouïes. Je voulus engourdir ma
douleur ; je réunis mes forces, et j'arrivai presque à
l'insensibilité. Je m'hébétai à plaisir, lorsqu'un jour
du printemps qui suivit cet hiver brillant, je vis la
grille de *la Déserte* s'ouvrir et se refermer lentement
sur Félicia malade, épuisée de travail et de plaisirs.
Elle daignait se souvenir qu'il existait un lieu de repos
assuré pour elle.

Elle garda la chambre, puis le lit, peu de temps
après ce retour inattendu, inespéré; et à la suite d'alternatives d'espérance et de désespoir qui se tradui-
saient par des caprices irritants ou des gaîtés exa-
gérées, il fallut recourir aux conseils de médecins
amis. Ils déclarèrent unanimement qu'une hypertro-

phie du cœur, compliquée de phthisie, interdisait pour toujours le théâtre à Félicia désespérée.

Toute ma tendresse se réveilla en entendant cet arrêt; un égoïsme cruel et profond me fit me réjouir de cette condamnation. J'étais sûr que personne ne m'envierait mon rôle de garde-malade.

Flora, Fanche et moi, nous l'entourâmes de soins et de caresses. Élô seul se montra inflexible. et, au risque même de me déplaire, refusa toute participation à notre dévoûment.

Félicia nous remerciait de nos attentions en nous serrant les mains. Je comprenais cette jeune moribonde s'attachant avec opiniâtreté à ses sauveurs. Elle sentait qu'il lui fallait renoncer à son monde, et elle voulait s'en créer un tout dévoué et tout prêt à la servir. Cette bienveillance était encore de l'égoïsme instinctif chez la femme de plaisir. Mon cœur me le disait et me confirmait dans cette idée douloureuse.

L'automne allait venir avec ses brouillards et ses fraîcheurs aigres et humides. Il n'était pas besoin de l'avis du médecin pour me décider à partir pour l'Italie, et Arthur Netter, frère de Félicia, nous y précéda, afin de dresser les tentes. d'après mes ordres.

La malheureuse actrice quitta avec peine notre charmante *Déserte*. C'était pour elle quitter sa jeunesse et sa gloire ; c'était s'exiler et dire adieu à Paris, à ses rivales de théâtre, qu'elle laissait libres de la faire oublier ; c'était, en un mot, aller s'enfermer dans sa tombe. Elle souffrit de cette idée plus que de son mal. Quand nous passâmes dans l'allée qui conduit à la grille, elle étendit en dehors de la calèche de voyage son bras amaigri, et Yvon lui lécha la main avec tristesse. On eût dit qu'il comprenait que ce départ n'aurait point de retour. Je vis briller deux larmes sur les cils de la pauvre malade. Elle salua Élô ; la voiture sortit, puis j'entendis les deux battants de la grille retentir et rebondir l'un sur l'autre. Je frissonnai ; il me sembla que j'étais moi-même condamné à mort et que je ne verrais plus nos lilas fleurir. D'ailleurs, que m'importait d'y revenir seul ? Hélas ! le bonheur s'était placé entre nous deux, et nous n'avions pas su nous attacher à lui, qui pouvait si bien nous réunir.

Cinq mois entiers je demeurai auprès d'elle, à souffrir autant qu'elle, dans la riante villa que vous avez vue. Je l'avais choisie un peu éloignée de Nice, où l'air trop vif de la mer surexcite toujours les tempéraments nerveux. Il lui fallait un air doux et tiède ; il lui fallait surtout un abri contre le vent d'est, si funeste aux phthisiques. La villa de Félicia (car elle voulut s'en dire la maîtresse, et je la lui achetai), bien à portée des brises bienfaisantes, réunissait toutes les conditions nécessaires à un rétablissement que nous espérions quand même. Mon abnégation dans ses impatiences et ses méchancetés de malade, mes complaisances et mon dévoûment de chaque minute finirent par attirer l'attention de Félicia. Les distractions ne l'empêchant plus de voir, elle pensa enfin que j'aurais bien pu l'aimer.

La soirée était chaude ; la jeune moribonde, étendue près de la fenêtre de sa chambre et enveloppée dans un peignoir blanc et bleu, rêvait, la tête appuyée sur sa main amaigrie et belle encore d'élégance. De mon côté, pour m'isoler et me recueillir, je laissais mon regard s'égarer au loin sur la mer légèrement plissée, et je regrettais la position pénible que je m'étais faite devant mes estimables serviteurs et devant moi-même. Tout à coup je sentis les mains humides de la malade serrer les miennes. — M'aimez-

vous, Jean? murmura-t-elle ; voyez, je n'ai plus que
vous. — Dites que vous n'avez eu que moi, mon amie.
Si vous appelez aimer, Félicia, continuai-je, sans éprou-
ver cette fois ces émotions qui paralysaient naguère
mes pensées et mes paroles, si vous appelez aimer dé-
ployer un empressement menteur auprès d'une femme,
faire des prodiges d'audace pour lui plaire et des prodiges d'égoïsme pour l'abandonner, je n'aime pas. Je
ne sais rien promettre d'avance, car je doute de moi, et
j'ignore ce dont je suis capable pour retenir celle que
j'aime. Calme et réfléchi, je ne mets en jeu aucune
témérité, aucun artifice pour séduire. Mes qualités
naturelles doivent me faire aimer ; et comme elles sont
nulles sans doute, je ne sais jusqu'à présent ce que
c'est que de plaire. Pour vous, j'ai fait violence à ma
timidité, ou plutôt votre séduction est telle qu'elle a
triomphé de ma réserve habituelle ; mais celle-ci a sur-
vécu et vous a constamment tenue éloignée de moi...
— Jean, votre calme apparent nous a perdus tous les
deux. Vos regards ont toujours été ceux d'un frère.
— Je croirais faire injure à une femme si je la forçais
à deviner que je compte sur elle et sur la faiblesse de
son cœur. — Mais la pudeur est commune à toutes les

femmes, croyez-le bien; elle ne diffère que par le degré de force qu'elle oppose à la passion qui parfois lui fait violence et la réduit à se taire. — C'est justement sur cette délicate vertu si facile à alarmer que l'amant novice et timide place son espérance; c'est elle qui doit lui épargner un aveu. Il est impossible, Félicia, qu'une jeune femme n'entende pas les battements d'un cœur qui ne vit que pour elle. — Oui, si si cette femme se pique d'analyser les sentiments de ses voisins. Il ne faut pas être actrice pour se livrer à cette étude des désœuvrés; c'est assez d'avoir ses rôles à étudier. — Ajoutez, Félicia, qu'il faudrait aussi, pour en arriver à cette analyse des sentiments de ses amis, être réduite à une disette d'adorateurs. — Jean, c'est encore une raison. — Quoi! Félicia, vous n'avez jamais vu que je vous aimais? — J'ai vu et j'ai senti que j'étais heureuse par vous, que vous m'entouriez de soins et de plaisirs dont je n'avais pas à rougir ni à me cacher, et je n'ai pas pris vos attentions si calmes pour de l'amour. L'amour, pour certaines natures, doit toujours être accompagné d'un peu de reproche intime; c'est le fruit défendu. — Mon amour, Félicia, se définit, se déclare paisiblement au coin du feu, à

la lueur de la simple lampe du ménage. Les lustres
d'un salon m'éblouissent; la foule m'effraie et me rend
muet. Mon cœur murmure sa joie ou sa plainte tout
bas à l'oreille. Un éclat de rire l'épouvante; un sourire l'encourage; une certaine étreinte lui dit tout. Je
vous aimais, mais vous ne pouviez le comprendre,
vous dont le cœur se prenait d'assaut au bruit des con-
versations tumultueuses et des fanfares de l'orchestre.
Notre *Déserte,* ce nid de verdure et de fleurs, était
la seule retraite où pouvait se blottir un amour discret comme le mien. Je ne pouvais vous suivre dans
vos fêtes et au milieu de votre cour brillante. J'ai bien
pleuré, Félicia, sur ma défiance sauvage, sur mon in-
habileté. Un jour, chez vous, — je vous voyais pour la
seconde fois, — je prononçai le seul nom d'ami, et
vous m'avez confondu avec vos courtisans de coulisse.
Depuis cette époque, mes lèvres restèrent muettes;
mes actions seules vous prouvèrent toute mon affection; mais vous n'avez rien vu, rien voulu voir. —
Je vous comprends aujourd'hui seulement, mon cher
Jean. Nos rôles étaient complètement intervertis:
votre délicatesse toute féminine me manque, et je
suis douée de la turbulence de votre sexe. Si je reve-

nais à la vie, — je puis, hélas ! parler ainsi, — tous mes efforts tendraient à me mettre au niveau de votre sensibilité. Mais à quoi bon ? C'est une épouse que demande votre honnête conscience, et vous ne me donneriez jamais ce titre solennel.

Je gardai le silence.

— Votre silence, Jean, murmura la malade, me rend tout le mal que je vous ai fait ; mais il prouve votre sincérité et la dignité de votre caractère. C'est moi qui aimerais désormais, et c'est vous qui feriez souffrir. Je le comprends, sous votre sensibilité timide se cache une volonté inébranlable, parce qu'elle prend sa force dans l'honneur et dans le devoir.

— Ne traitons plus ce sujet ; pensons à votre guérison, chère Félicia.

— Hélas ! soupira-t-elle, je croyais chercher l'amour ; je ne courais qu'après le plaisir, et j'ai trouvé l'épuisement au milieu de ma jeunesse.

Ce fut le seul tendre entretien que nous eûmes ensemble. La fièvre s'apaisa sensiblement avec la passion qui l'avait soutenue et qui jadis la faisait vivre. Son cœur n'exaltant plus son esprit, elle devint calme et sérieuse. Elle me demanda à lui apprendre à prier.

Flora et Arthur accoururent. — Vous arrivez trop
tôt, mes enfants, leur dit la mourante. Je ne voulais
avoir que Jean pour témoin de mon agonie; pour lui
seul je n'ai plus de coquetterie, car pour lui seul je
me sens la plus sérieuse affection. Vous perdez une
sœur, mais je vous laisse un ami. Je ne connais la
valeur de ce titre que depuis mes jours de douleur et
d'abandon.

Un digne ecclésiastique italien, désigné par elle-
même, l'instruisit de devoirs dont elle n'avait jamais
entendu parler; il lui donna une croyance qu'accepte
vite une intelligence d'élite Il la veilla, l'assista dans
ses crises de repentir, et parvint à adoucir ses derniers
moments, qui furent très-agités. Adorée comme elle
l'avait été dans le monde, pouvait-elle le quitter
sans regret? Pouvait-elle d'ailleurs, après une existence aussi troublée, ressentir en sa conscience la
quiétude de la femme vertueuse? En voyant ses angoisses et ses souffrances, j'espérai qu'elle obtenait
ainsi la grâce d'un commencement d'expiation qu'une
miséricordieuse justice saurait proportionner et limi-
ter. Elle mourut, sa main dans la mienne. Je la ser-
rais et ne pouvais consentir à la laisser nous quitter.

Sa main n'était plus moite que de mon contact lorsque je l'abandonnai enfin pour couvrir mes yeux en larmes.

Je la fis enterrer sous un berceau de lilas et de glycine en fleurs. Vous vintes le lendemain.

VIII

LES REMORDS DE L'INNOCENCE

Indicible sensibilité, charme et tourment de nos jeunes années; vaste conscience d'une nature partout accablante et partout impénétrable, passion universelle, sagesse avancée, voluptueux abandon ; tout ce qu'un cœur mortel peut contenir de besoins et d'ennuis profonds, j'ai tout senti, tout éprouvé dans cette nuit mémorable. J'ai fait un pas sinistre vers l'âge d'affaiblissement; j'ai dévoré dix années de ma vie. Heureux l'homme simple dont le cœur est toujours jeune !

Obermann, DE SENANCOUR.

LES REMORDS DE L'INNOCENCE

JE sus gré à Jean de sa triste confidence. Je compris que sa douleur avait eu besoin d'épanchement, et que c'était un service réel que je lui rendais en l'écoutant. Seul dans ma chambre, je résumai sa mélancolique histoire, et je passai la nuit à préparer mes consolations et mes conseils. Mais il sembla fuir toute explication et tout retour sur ce sujet.

Je demeurai un mois à *la Déserte*. J'y travaillai paisiblement et avec fruit à deux pièces dont l'une, commencée depuis quatre mois, renfermait un rôle destiné à Félicia. Jamais je n'avais mieux senti le besoin, pour l'homme de lettres, d'une fortune indépendante. La rêverie seule peut enfanter et mûrir les plans littéraires, car ce n'est point toujours la plume

à la main, et en vivant courbé sur son travail, qu'on
crée des chefs-d'œuvre. Il faut pouvoir, comme le
peintre, placer son tableau à distance, l'examiner à
loisir et y poser ses retouches après méditation. Mais
l'homme de lettres obligé de gagner le pain de chaque
jour, de travailler sans entendre sa pensée qui se
mêle au tumulte incessant de la grande ville, n'a pas
ces facilités indispensables. Je déplorais ma position
de galérien littéraire ; j'accusais même la Providence
de l'aveuglement cruel et inintelligent qu'elle semble
apporter dans la répartition des biens, lorsqu'un matin
j'entendis frapper à ma porte. C'était Élô qui me pré-
senta une lettre que je saisis avidement. Le vieux
serviteur sortit sans proférer une parole et en san-
glotant. Mon cœur battait violemment, et mes yeux
troublés ne purent lire d'abord. La lettre était de
Jean.

« Je vous écris, car je suis loin de vous, disait-il ;
je quitte votre monde, sinon avec joie, du moins avec
résignation et résolution. Je cours m'enfermer dans
un monastère, où je saurai utiliser les restes d'une
existence dont les commencements ont été aussi scan-
daleux qu'inutiles.

« Je ne saurais errer solitaire et mélancolique au milieu de la foule. Je ne veux point me rattacher au monde, et je ne dois pas y choisir une compagne, l'épouse légitime ayant droit au premier amour.

« Mon cœur flétri par la passion ne peut se raviver que par la pénitence et sous le souffle de Dieu. Je retourne au culte de ma famille ; je trouverai là seulement la source qui rafraîchit et désaltère le cœur avide d'affection. C'est avec joie que je vais reprendre les pratiques religieuses apprises et suivies dans mon enfance, sous le regard de ma mère.

« Vous, Constant d'Heurs, qui ne vous êtes jamais détourné du but tracé par votre volonté et par votre conscience, vous que j'ai trouvé si calme au milieu des existences les plus tumultueuses, si honnête et si inébranlable au milieu des séductions les plus entraînantes, vous avez droit à mon souvenir ; votre estimable exemple a droit à ma reconnaissance. Vous vous êtes montré plus désintéressé que moi. Que votre délicatesse ne s'alarme ni ne s'irrite de ma manière de reconnaître votre amitié et de vous prouver la mienne.

« Élô, mon vieux serviteur, et Fanche, sa femme.

deviennent les maîtres de mon château de Bretagne et de ses dépendances. Cette fortune est immense et au-dessus de leurs besoins; mais je sais ce que le pays retirera de leur richesse, et ce que le nom de mon père y gagnera en bénédictions.

« Je laisse à Arthur Netter la villa de Nice, achetée au nom de sa sœur, et cinq mille francs de rente. Je lui donne peu, voulant que sa verve et son esprit ne puissent s'appesantir ni s'endormir dans un *far niente* funeste au talent naissant. La nécessité enfante parfois le génie; la richesse peut l'étouffer au berceau.

« Pour vous, daignez accepter, mon cher Constant, *la D serte* et les vingt mille francs de rente nécessaires pour y vivre convenablement. Votre amour des lettres et votre volonté vous préserveront d'une mollesse inévitable chez tout autre, et vous mettront à l'abri des entraînements du cœur qui ont fait pour moi de cet Éden fleuri un séjour de larmes et de tortures.

« Sur les vingt mille livres, dont le capital est inscrit à votre nom, vous aurez à servir cinq mille francs par an à Flora Netter, payables par trimestre et en ses mains. Cette clause est afin que vous ayez occasion de juger par vous-même des qualités de son cœur et de l'agrément de son caractère, si toutefois votre opinion n'est pas fixée sur ce point, ce que je crois.

« Je prends la liberté de distraire un seul objet de votre propriété *la Déserte*: Yvon devra suivre son ami Élô et mourir, comme lui, dans son pays natal.

« Ayant ainsi tout réglé pour ce qui est des biens de la terre, je cours me préparer, par la pénitence, à mériter les biens inestimables dont jouissent déjà mon honoré père et ma mère adorée.

« Agréez donc l'expression de ma reconnaissance et l'assurance des regrets que j'éprouve d'être aussi indigne de votre estimable amitié.

« Votre serviteur,

« Jean OBERMANN. »

IX

LE PÉNITENT

Si j'arrive à la vieillesse ; si un jour, plein
de pensées encore, mais renonçant à parler
aux hommes, j'ai auprès de moi un ami pour
recevoir mes adieux à la terre, qu'on place
ma chaise sur l'herbe courte, et que de tran-
quilles marguerites soient là, devant moi, sous
le soleil, sous le ciel immense, afin qu'en laissant la vie qui passe je retrouve quelque
chose de l'illusion infinie.

Obermann, DE SENANCOUR.

LE PÉNITENT

SUR la galerie d'une auberge de Martigny, une jeune femme se penchait vers deux voyageurs qu'elle saluait du sourire et de la main, toutes les fois que ceux-ci tournaient vers elle leurs regards. Mais bientôt un détour de la route mit fin à cet échange de tendre politesse, et aussitôt nos voyageurs prirent une allure plus décidée et plus ferme pour monter la pente qui les conduisait, à travers les prairies et les sapins, jusqu'à l'hospice de Saint-Bernard, terme de leur ascension, but de leur voyage. Pour la jeune femme, que la présence de ses compagnons ne pouvait plus distraire de ses sensations, elle s'aperçut bien vite que l'air froid des montagnes avait fait descendre le thermomètre au-dessous de onze degrés, et elle s'empressa de rentrer dans l'intérieur du châlet, où l'attendait un brillant feu de sapin.

— Le mariage n'a rien ôté de l'effusion naïve de Flora, dit le plus jeune des deux touristes, après une demi-heure de marche et de réflexion. La tendresse du lendemain est aussi empressée que celle de la veille, et ses gracieux baisers confiés par sa main au vent des Alpes sont les preuves d'une affection égale pour ses amis. — Voilà qui va rendre nos pensées plus austères, reprit le plus âgé des deux étrangers; voyez ces moines hospitaliers; deux chiens les suivent la tête baissée, comme pour flairer la route. — Ne voyez-vous pas qu'ils fléchissent le cou sous le poids du panier suspendu à leurs colliers? — Vous avez raison; ce sont les frères approvisionneurs, qui vont au village voisin. Sans aller plus loin, peut-être touchons-nous au terme de notre voyage. — Ne le croyez pas, mon ami; non, la vie monastique ne blanchit pas ainsi une tête de trente ans. Il nous faut passer outre.

Les deux frères hospitaliers sourirent aux voyageurs qui les saluaient, et bientôt le son de la clochette des dogues diminuant peu à peu, à mesure qu'ils s'éloignaient, finit par se perdre tout à fait dans le fond du ravin.

Les deux étrangers demeurèrent pensifs une partie de la route. L'un et l'autre se considéraient comme des hommes sérieux et utiles, et ils tâchaient de se reconnaître par la pensée ce qu'ils voulaient être en effet.

Lorsque, brisé par la fatigue et les déceptions, vous atteignez au sommet de l'âge où l'on touche à l'expérience, et que vous comptez les jours écoulés et les actes qui les ont remplis, combien l'examen du résultat obtenu vous fait regretter le néant d'où vous êtes sorti ! Que d'efforts perdus en tentatives inutiles pour le bonheur et pour la perfection ! La douleur est d'autant plus vive, que la nature du lutteur est plus délicate et plus perfectible. Que de traces de faux pas vous découvrez dans le chemin défendu, mais fleuri ! Que de démentis donnés le soir à la résolution du matin ! Que de petitesses intimes sous un orgueil apparent ! Que de rougeurs solitaires devant son propre miroir ! Comme on se trouve petit par l'analyse !...

C'est surtout en face des dômes du Saint-Gothard et du Titlis que l'homme se prend en pitié. Pauvre in-

9

secte qui s'est acharné pendant vingt ans à conquérir
un brin d'herbe, ou à faire jaillir cette étincelle pas-
sagère qu'on nomme gloire, et qui n'a eu souvent son
éclat éphémère que dans un bourg inconnu !

Ce spectacle imposant qui se déploie devant nous
est-il fait pour nos yeux? ou faisons-nous partie de ce
décor grandiose pour l'amusement d'êtres supérieurs
et invisibles? Que de réflexions désolantes quand
l'homme compare et discute l'utilité de sa destinée !
C'est à ces moments solennels de la pensée que l'hu-
milité prêchée par le christianisme nous est nécessaire et nous peut sauver du désespoir et du suicide.
Obermann, le sceptique Obermann, manqua de cette
vertu chrétienne; et c'est pourquoi ses traces furent
à jamais perdues dans les glaciers de Sanetz ou de
Lauter-Brunnen.

Si l'homme qui s'est placé au-dessus de ses semblables par son mérite — n'abusons pas du mot génie —
prend une si mince et une aussi juste opinion de son
intelligence en face de la nature imposante des Alpes,
dans quelle prostration doit tomber l'artiste humilié
par une vie d'insuccès et de déception, lorsqu'il revient au pays natal, au berceau de ses rêves! Assis

sur le promontoire qui domine le fleuve au-dessus
duquel l'ont bercé les pensées de sa jeunesse, il re-
garde encore l'étoile bleue du soir qui semblait lui
promettre un brillant avenir; mais, replié sur lui-
même, il se résigne, et il espère bientôt mourir. L'espérance cependant flatte encore sa douloureuse agonie;
il sourit à la mort qui approche. Ne va-t-il pas renaître
à une autre existence, à une existence meilleure, qui
lui rendra cette renommée qu'il regrette, cette gloire
qui lui a manqué? Cette vie qui finit est une partie
dont il n'a plus qu'à effacer la trace; c'est une existence à recommencer. C'est ainsi que le joueur dé-
pouillé espère en la partie du lendemain.

Ainsi pensait de Latouche, le critique, en gravissant
le Saint-Bernard.

Son compagnon, plus jeune, plus neuf de cœur,
sous le coup des premières irradiations d'une célébrité
enivrante et d'un amour à son aurore, voyait la vie et
les hommes sous de plus riantes couleurs, en côtoyant
le lit rapide de la Dranse.

Il n'avait point à regretter des illusions perdues, le
jeune et heureux Constant d'Heurs, n'ayant pas encore
vu de près ces chemins, dans le lointain si verdoyants,

si nus et si durs sous les pieds qui les foulent. La perspective le trompait encore, et la surabondance des forces de sa jeunesse active lui faisait juger avec assez d'indifférence ce que l'on considère comme obstacles infranchissables sur le chemin de la vie.

Ces hauts paysages resplendissants sous les rayons d'un soleil sans tache à l'horizon, ces glaciers moirés par l'ombre et la lumière, ne sont-ils pas faits pour nos yeux, seuls capables de les voir et de les admirer? Ces masses imposantes, mais non inaccessibles, ne sont-elles pas placées sur notre route, afin que l'homme y vienne puiser, comme à des sources abondantes, les idées sublimes et l'enthousiasme? Non, ces créations de Dieu ne doivent pas être des causes de désespoir pour nos efforts, ni d'amoindrissement dans nos aspirations vers la vérité. Trouvons plutôt dans ses merveilles des motifs de zèle et d'une exaltation utile. C'est là le but de la création; c'est là le dessein de Dieu.

L'intérêt des réflexions qui les absorbaient abrégea leur course, en leur faisant oublier leur fatigue. Arrivés à quelque distance du plateau sur lequel s'élève l'hospice, ils entendirent comme une psalmo-

die lente et lointaine qui s'approcha et augmenta peu
à peu. Ils aperçurent bientôt une procession composée
des moines de la communauté; puis sortit, à la suite,
un cercueil porté par des pères et suivi de quelques
montagnards des villages environnants. Un drap blanc,
sur lequel étaient étendues une crosse de bois et une
croix de cuivre, leur apprit que le supérieur venait de
mourir.

Constant d'Heurs fit un signe à de Latouche, et
leur regards se portèrent sur un père, jeune encore,
qui chantait, comme les autres, les prières des morts.
Sa taille était petite; son corps était frêle; sa figure
pâle, mais non amaigrie, annonçait une santé satisfai-
sante, sinon robuste. Les quelques rides qui séparaient
les sourcils, et celles plus accentuées qui limitaient les
joues en venant se perdre dans une moustache presque blonde, indiquaient la réflexion et la volonté.

— Nous pouvons calmer l'inquiétude d'Élô, murmura Constant d'Heurs, au moment où le jeune
moine les frôlait de son manteau de bure.

Les deux amis purent remarquer un moment subit
d'arrêt dans son allure. Une lutte d'une seconde eut
lieu dans le cœur du frère Jean; mais, sans même

jeter un regard sur ces visiteurs, le jeune moine hos-
pitalier reprit sa marche et suivit la communauté qui
se rendait au cimetière. La rougeur qui envahit son
visage pâle témoigna seule d'une préoccupation mon-
daine et dont il triomphait.

FIN DU PETIT-FILS D'OBERMANN.

HISTOIRE D'UN PINSON

A MON COMPATRIOTE ET AMI

J.-M. BAUDOUIN

ANCIEN PROFESSEUR DES PRINCES D'ORLÉANS

HISTOIRE D'UN PINSON

I

Le village.

LA commune de Maison-Blanche, située sur une
côte élevée qui domine la rive droite de la Loire,
se trouve, par sa position, à l'abri des inondations de
ce fleuve. Un rideau de peupliers et de platanes gi-
gantesques, aux feuilles vernissées et sans cesse mi-
roitantes sous la brise, garantit du soleil une tren-
taine de maisons proprettes qu'entourent des haies
odorantes d'aubépine.

A l'extrémité de la ligne de ces maisons qui composent le bourg, plus à l'écart et en arrière des autres habitations, se cache humblement une chaumière disparaissant presque au milieu d'un bouquet de douze ormes touffus. Un étroit sentier, tracé au milieu du gazon par les pas de ses deux seuls habitants, conduit à la demeure isolée. Les paysans la nomment *la Mouillère*, à cause d'un petit étang qui en est proche.

Dans cette chaumière vivent, se soutenant de leur mutuelle affection, une mère et son fils. Personne ne vient les visiter ; mais la mère va seule, de temps à autre, demander aux paysans du bourg le travail qui doit la nourrir, elle et son enfant.

La pauvre famille n'a pour hôtes et pour amis qu'une volée de pinsons nés sur les ormes voisins. Ceux-ci vivent surtout du grain qu'ils doivent à l'amitié du jeune Guillaume. Les soins et les attentions de ce petit enfant leur sont tellement nécessaires, qu'ils voltigent sans cesse autour de lui. Ils viennent le lutiner et becqueter sa chevelure lorsqu'il s'abandonne à sa rêverie habituelle, en regardant les canards s'ébattre sur l'étang.

Ces oiseaux familiers, aux jours d'orage, entrent jusque dans la chambre de Guillaume, et dorment nichés sur les lattes qui réunissent les poutres. C'est ce qui fait qu'instruite par leur prescience instinctive, la mère prédit, à coup sûr, le beau et le mauvais temps, et s'attire ainsi le surnom de sorcière.

II

La femme sans mari.

CETTE vie solitaire convenait à la mère toujours triste. La vue de son fils suffisait pour la rendre heureuse. Sur lui se concentraient toutes les tendresses de son âme, tous les efforts de son énergie. Il était le présent, l'avenir, et même le passé pour elle. Passé bien triste, sans doute !

Guillaume, à l'âge de quinze ans, passait presque toutes ses journées à rêver. Il n'était pas doué d'assez de force physique pour travailler à la terre. Il tressait des corbeilles ; il fabriquait des cages ou lisait. Mais la pensée avait gagné toute la vigueur que son corps n'avait pu acquérir.

Un dimanche où nos tristes isolés sortaient de la messe, humblement derrière la foule, la mère de Guillaume toucha légèrement de sa main, et sans le vouloir, la main d'une paysanne qui, comme elle, puisait au bénitier pour se signer. La paysanne lui lança

un regard de mépris en la nommant tout haut :
Femme sans mari.

Guillaume comprit que la pauvreté n'était pas la
seule faute reprochée à sa mère. Il n'osa la regarder; mais il sentit qu'elle rougissait et pleurait. In-
sultée en présence de son fils! Cette honte était
au-dessus de ses forces. Guillaume revint triste et
plus rêveur que jamais. Il connaissait maintenant la
cause de la solitude continuelle qui se faisait autour
d'eux. Il n'accusa pas sa mère; mais il blâma ceux
qui lui jetaient la première pierre, d'un accord si
unanime, sans que le Christ leur en eût donné le
droit.

Le seul ami de cette famille proscrite, le curé de la
commune de Maison-Blanche, non seulement pardon-
nait à la coupable, mais il estimait la pénitente. Plus
d'une fois il voulut ramener ses paroissiens à l'indulgence et à cette clémence que nous enseigne si par-
faitement la conduite du Christ. Ses discours et ses
raisons ne furent point compris.

Il fit placer une croix de bois devant la maison mau-
dite, entre les ormes qui l'ombrageaient. Il se disait
en souriant que ses paroissiens seraient bien forcés

ainsi à se signer en passant, au lieu de maudire, et que cette prière indirecte attirerait certainement la miséricorde de Dieu sur la mère méprisée et sur l'enfant humilié.

III

Guillaume.

L E fils de la *femme sans mari* était frêle, pâle comme sa mère, débile comme tout enfant né dans les larmes et dans l'amertume. Son âme timide lui faisait préférer la société de ses chers pinsons à celle des paysans de son âge. Il marchait entouré d'une nuée de ces amis ailés qui lui chantaient leur meilleures chansons. Les habitants, en le voyant ainsi accompagné, le montraient du doigt, et de loin, à leurs jeunes garçons : Guillaume, disaient-ils, était un paresseux qu'il fallait se garder de prendre pour modèle, un insensé qu'ils devaient fuir.

Le curé savait seul quelle était l'intelligence de Guillaume. Plus d'une fois il avait fait chanter, le dimanche à l'église, des cantiques à la Sainte-Vierge, de la composition de celui qu'on appelait *un idiot*. Ces petits poèmes étaient d'une délicatesse de pensée et d'une suavité de rhythme que le spectacle et l'étude de la belle et simple nature peuvent seuls inspirer.

10

Mais le prêtre prudent n'encourageait pas trop notre
poète rustique, persuadé que l'homme possède toujours assez d'imagination, et qu'elle ne se développe
qu'au détriment de la raison.

Guillaume, ainsi que quelques enfants qui n'ont que
Dieu pour père, était supérieur par son intelligence.
Le bon curé de Maison-Blanche avait reconnu cette fa-
veur providentielle, et s'était plu à instruire ce pauvre
enfant de Dieu.

Mais l'instruction laisse rarement à l'âme sa simplicité native. Elle rend l'esprit inquiet, en lui incul-
quant l'avidité d'apprendre toujours. Cette curiosité, qui
semble raisonnable, est funeste à plus d'un. Lorsqu'il
découvrit le pénible secret de sa mère, le jeune paria de
Maison-Blanche subissait déjà, depuis quelque temps,
les tourments de cette inquiétude née dans le cœur de
l'homme sous l'arbre du paradis terrestre. Il souffrit
de cette position d'infériorité morale, ajoutée à leur
condition misérable. L'orgueil de son esprit de poète ne
lui permit pas de vivre plus longtemps sous des regards
méprisants. Il voulut soustraire sa mère à une honte
journellement infligée par des gens grossiers, et se
soustraire lui-même à de sourdes colères contre eux.

IV

Départ.

GUILLAUME, que ses instincts, sa débilité et son éducation éloignaient du travail des champs, lorsqu'il se sentit l'objet d'une réprobation imméritée, se prit de haine pour ce joli village, où son imagination s'était préparé un avenir de félicités intimes. Il résolut d'abandonner sa solitude si riante, sa vie si calme, ses oiseaux si gais et si familiers. Mais sa mère ne se rendit pas aux raisons d'un cœur froissé et d'un esprit sans expérience. Elle savait que le mépris dont souffrait son fils les suivrait partout. Elle acceptait donc avec résignation une souffrance connue, et à laquelle elle ne pouvait échapper par la fuite. Elle était sûre de ne changer que de persécuteurs et de bourreaux. Sacrifiant son amour maternel à l'orgueil de son enfant, elle comprima sa douleur, arrêta ses larmes et dit adieu à son fils, le cœur brisé, mais la voix ferme.

Le soleil se levait calme et solennel sur les champs

et sur les arbres brillants de gouttes de rosée. Deux
voyageurs sortirent du joli village de Maison-Blanche.
L'un était un vieillard aux longs cheveux blancs,
l'autre presque un enfant pâli par la pensée, amaigri
par la misère. Guillaume portait un sac de hardes sur
son dos, et à la main une petite cage d'osier où se
tenait silencieusement un jeune pinson que lui avait
donné sa mère.

Nos deux exilés étaient tristes. L'un regrettait ses
gais camarades et sa campagne si bien éclairée;
l'autre laissait sa mère à la garde du curé du village,
en attendant qu'il lui eût trouvé une patrie plus indulgente Il espérait en l'avenir et en la bienveillance
des hommes. Cet espoir d'un jeune cœur tempérait
un peu l'angoisse du départ.

— Guillaume, où allez-vous? dit le vieillard. —
Monsieur le curé, répondit l'enfant, nos paysans par-
lent souvent des merveilles de Paris; vos livres et vos
journaux viennent de Paris; nos célébrités étudient
et vivent à Paris; le voyageur qui passe sur nos routes
revient de Paris ou s'y rend. Mon bon maître, je vais
à Paris. — Enfant, reprit l'ecclésiastique, au milieu des
fracas de cette ville, vous regretterez le chant de vos

oiseaux; lancé dans le tourbillon des affaires, vous
penserez, malgré vous, à vos douces rêveries sur le
bord de notre Loire; froissé, repoussé par l'égoïsme
et par l'indifférence, vous pleurerez les soins et
l'affection de votre mère. Je vous bénis, mon enfant ;
vous ne nous oublierez pas, j'en suis certain.

Dans nos provinces, une croix délimite toujours
deux communes voisines. La croix est le dieu Terme
des époques chrétiennes. Au pied d'une de ces croix,
le jeune voyageur embrassa le vieillard et partit sans
se retourner. L'illusion était l'étoile éphémère qui le
précédait.

Le vieillard, de son côté, reprit le chemin de la
commune. Il ouvrit son bréviaire, se signa, et avant
de commencer son office il murmura en soupirant :
« Encore un pauvre orgueilleux qui court se préci-
piter dans ce gouffre d'où personne ne revient. »

V

Paris.

APRÈS huit jours de marche et de fatigue, Guillaume se trouva à Paris. Il avait vécu de pain bis et de pain sec sur la route, et la charité lui avait souvent offert une botte de paille pour se reposer. Le tableau que s'était fait de Paris son imagination brillante était loin de la réalité. Son âme ne se sentit émue que devant l'église de Notre-Dame. Il y entra et pria pour sa mère et pour le bon curé de Maison-Blanche. Il pria bien aussi pour obtenir l'avenir qu'il rêvait : nous sommes toujours un peu égoïstes dans nos prières

Son jeune pinson, se sentant au repos et dans un air tiède, se mit à moduler son chant vif et prolongé. Le suisse fit sortir l'enfant et l'oiseau. Ce suisse, ancien débris de ceux du roi Charles X, eut pitié de ce pauvre enfant exténué, et il lui indiqua une femme de son canton qui tenait un hôtel meublé, rue Chanoinesse.

Là il donna le louis que sa mère lui avait glissé dans sa poche en lui disant adieu.

Guillaume suspendit sa petite cage d'osier dans une chambre sans soleil et située au sixième étage. Monter six étages lui semblait étrange. Dès le lendemain de son arrivée, il voulut travailler ; il désirait envoyer quelque secours à sa mère. Interrogé sur sa profession : « Poète ! » répondait-il ; et on riait en lui fermant la porte. S'il présentait une pièce de vers, il lui était demandé sur quel air *cela* pouvait bien se chantait. Le timide artiste se retirait, irrité contre la sottise et l'ignorance.

Un voisin, musicien de mérite, obscur depuis vingt ans, mit en musique quelques gracieux poèmes de Guillaume, mais l'éditeur ne paya pas le vieux musicien, donnant pour raison qu'il n'avait pas de réputation, malgré sa vieillesse ; il ne paya pas non plus le jeune poète, qui ne pouvait avoir encore cette renommée qui manquait à son vieux collaborateur. Nos deux artistes ne vivaient pas ; ils se mouraient chaque jour de faim et de déception.

VI

Misère d'artiste.

GUILLAUME dut longtemps son déjeûner à la générosité et au talent culinaire du vieil artiste, son
ami. A Paris, le dévoûment et l'égoïsme logent souvent
sous le même toit, et il faut parfois monter jusqu'au
dernier étage pour trouver un cœur généreux.

La vue de ce pauvre et savant musicien, luttant depuis si longtemps contre l'indifférence et la pauvreté,
jeta la terreur dans l'âme découragée de Guillaume.
Sa nature peureuse et délicate n'était guère apte à
soutenir une lutte semblable et de chaque jour. Il
voulut renoncer à la poésie ; mais il y revint toujours,
ramené par ses instincts. Le chagrin l'exaspéra ; il
s'exalta un moment. puis il s'affaissa pour ne plus se
relever de sa prostration morale et physique. Le chant
de son pinson lui rappelait sa mère, les bords de sa
Loire et ses rêves sous les ormes. Il écrivit, dans un
jour de courage, au bon prêtre de Maison-Blanche.

Celui-ci lui annonça que sa mère était malade, qu'elle languissait depuis son départ.

Cette nouvelle aggrava l'état du pauvre exilé. De sérieuse, sa maladie devint mortelle. Le voisin le soigna nuit et jour, silencieusement. La misère est un lien puissant; les frères par la souffrance sont plus fraternellement unis que les frères par le sang.

Le chant du pinson lui rendant ses regrets plus vifs et plus amers, le bienveillant garde-malade comprit la douleur intime de son ami, et il suspendit la petite cage d'osier à la fenêtre, en dehors de la mansarde.

VII

Retour au village.

TANDIS que le jeune poëte se débattait contre le prosaïsme et contre la misère, la mère languissait d'un départ qui lui avait enlevé le courage, la force et toute espérance. Vivre entre le mépris des uns et l'amour de son fils, c'était vivre heureuse ; mais demeurer loin de son fils qui lui tenait lieu de vertu et d'estime, c'était se trouver sans défense en face des angoisses trop poignantes du mépris. Ce supplice était au-dessus de sa faiblesse : elle perdit l'énergie du travail. Le digne curé la secourut ; mais il ne put la secourir longtemps. Les ressources d'un curé de campagne sont vite épuisées. Il n'essaya pas de la consoler : il est des douleurs sans consolation ici-bas. La mère espérait quelques nouvelles de l'absent, quelques secours, peut-être, pour vivre. Elle pensait, dans son inexpérience, que le talent peut tout à Paris.

Un jour, jour de bonheur et de gloire pour le poëte. elle reçut des mains du piéton de la commune quel-

que argent, mais une lettre pleine de découragement.
Depuis, elle attendit longtemps ; elle attendit toujours.
Dans sa lutte avec la faim et le désespoir, le poète
avait été vaincu. Un poète n'a pas même la ressource
de mendier ; il n'a ni le talent, ni l'audace d'obtenir
ce qu'il n'a pas gagné.

VIII

Le convoi du pauvre.

UN matin, vers le lever du soleil, on heurta à la porte de la mansarde. C'était l'hôtesse qui venait réclamer l'argent de son loyer, dû depuis longtemps. Le bruit qu'elle fit réveilla le vieux musicien, endormi par la fatigue. Il se leva, fit signe à la matinale suissesse d'observer le silence en lui montrant la figure pâle de Guillaume.

Émue à la vue de la misère de ces deux êtres isolés, celle-ci se hâta d'allumer le feu pour faire tiédir la potion ordonnée par le médecin des pauvres. Elle saisit la main du jeune malade pour juger du degré de sa fièvre et de l'intensité de sa maladie; mais elle pâlit en jetant un regard effaré sur le vieux musicien qui s'approchait pour soulever et soutenir son ami, car la main de Guillaume était froide : Guillaume était mort !

L'hôtesse ouvrit la fenêtre que frappait de son bec

le jeune pinson que la faim avait fait sortir de sa cage.
L'oiseau, voletant çà et là, parcourut la chambre et
vint se poser sur le front glacé de son jeune maître.
Puis il reprit bientôt le chemin du ciel, sembla un
moment s'orienter et disparut à l'horizon.

Deux jours après, le soleil allait se coucher sous
les eaux dorées et empourprées de la Loire ; la *femme
sans mari* pensait et regrettait, assise au pied de la
croix plantée sous le feuillage des ormes. Les pinsons
s'agitaient et pépiaient, se pressant sur les branches,
pour prendre leur place de la nuit. Un de ces oiseaux, en retard, sans doute, tirant l'aile et à bout de
force, vint tout à coup s'abattre sur le tablier de laine
de la femme malade. Elle prit dans ses mains trem-
blantes l'oiseau confiant, le réchauffa, l'examina at-
tentivement, le reconnut, et tomba sur la pierre qui
supportait la croix de bois.

Le surlendemain, vers le soir, avait lieu l'enterre-
ment de la *femme sans mari*. Le curé suivait en psal-
modiant l'office des morts. Aucun habitant du village
ne voulut se joindre à ses prières ni consentir à une
conduite suprême. Mais on vit subitement une nuée
mobile et bruyante se former, s'élever au-dessus des

ormes de la *Mouillère,* s'étendre comme un voile sombre sur la bière et la suivre. C'était toute la famille des pinsons élevés par le fils qui, poussant de petits cris plaintifs, accompagnait la mère à sa dernière demeure.

FIN DE L'HISTOIRE D'UN PINSON.

TABLE.